KB119864

항상 앞부분만 쓰다가 그만두는 당신을 위한 어떻게든 글쓰기

항상 앞부분만

쓰다가 그만두는

당신을 위한

어떻게든 글쓰기

곽재식 지음

위즈덤하우스

일러두기

1. 외래어 표기는 '외래어 표기법'을 따르되, 표기법과 다르지만 대다수 매체에서 통용되는 표기법일 경우 그에 따랐다.

2. 이 책에 수록된 작품의 우리말 제목은 국내 번역본에 따르는 것을 원칙으로 하되, 번역되지 않은 경우 내용에 맞게 번역했다.

3. 신문, 잡지 등의 매체명은 《 》, 그림이나 노래, 영화 등 예술 작품의 제목은 〈 〉, 책 제목은 「 」, 단편소설이나 책의 형태가 아닌 인쇄물은 「 」로 묶었다.

그동안 곽재식이 글쓰기에 대해 깨달은 모든 것을 이 책에 담았습니다.

쓸거리가 떠오르지 않을 때 쥐어짜내는 방법에서부터
사람들에게 재미를 주기 위해 이야기를 짜는 법,
아름답게 글을 꾸미는 기술을 연마하고 다듬는 법,
매번 앞부분만 쓰다가 의욕이 시들해져서 그만두는 일에서 벗어나는 법,
글을 써야 하는데 자꾸 딴짓하며 미루는 것을 극복하는 법,
소설, 수필, 일기, 자기소개서, 블로그 글을 쓰는 법,
그리고 평소 나보다 재미없게 글을 쓴다고 생각했던 친구가
먼저 공모전에 당선되었을 때 취해야 할 적절한 태도까지.

내가 믿지 않는 것을 멋 부리기 위해 늘어놓지 않았습니다.
그럴듯한 이론이라고 해서 실제로 따르지도 않는 것을 덧붙이지 않았습니다.
매일 글을 쓰는 작가 곽재식이 항상 쓰는 비법과 묘수를
숨김없이 전부 털어놓습니다.

항상 앞부분만 쓰다가 그만두는
당신을 위한 글쓰기 묘수

이 책의 소개 글을 쓰려고 이런저런 준비를 하다가 사람들이 글쓰기의 핵심, 기초, 기본이 무엇이라고 생각하는지 궁금해졌다. 그래서 초등학교 국어 과목에서 글쓰기를 뭐라고 가르치는지 인터넷에서 검색해보았다.

의외로 검색 결과가 쉽게 나오지는 않았다. 교육방송 홈페이지에서 제공하는 자료인 『초등 만점왕 국어』라는 문제집과 그 문제집을 풀이하는 강의 동영상 말고는 몇몇 언론사에서 "우리나라 초등학교 국어 교육이 이렇게 문제다"라고 주장하는 기사가 눈에 뜨이는 정도였다. '초등학교 국어에서는 이러이러한 것을 가르칩니다'라고 깔끔하게 정돈된 문서를 찾기란 쉽지 않았다.

시간을 좀 허비하고 난 뒤에야 정부의 「교육부 고시 제2015-74호 별책 2」라는 문서에서 "초등학교 교육 과정"을 찾았다. 다행히 여기에는 초등학교 국어 내용의 목표와 개요가 정리되어 있었다.

나는 글쓰기에 관한 부분을 찾아보았다. 78페이지에 '쓰기'에 관해 요약한 가로 8칸 세로 5줄짜리 표가 실려 있었다. 표의 맨 윗줄에는 대담하게도 "쓰기의 본질"이라는 아주 탐스러운 제목이 달려 있었다. 정부에서 이야기하는 글쓰기의 '본질'이 무엇인지 알기 위해 바로 옆 칸에 적힌 설명을 읽어보았다.

"쓰기는 쓰기 과정에서의 문제를 해결하며 의미를 구성하고 사회적으로 소통하는 행위다."

감동적인 깨달음을 주는 한마디라고는 할 수 없지만 상당히 만족스러운 설명이다. 왜냐하면 내 책에서 다루는 내용이 대체로 '쓰기 과정에서의 문제를 해결'하는 방법이기 때문이다. 나는 이 책에서 '의미'보다는 글의 '재미'에 좀 더 초점을 맞추었다. 재미있어 보이도록 글의 내용을 구성하고, 그렇게 해서 글 읽는 사람을 혹하게 만드는 방법을 궁리했다. 그런 면에서는 '의미를 구성하고 사회적으로 소통하는 행위'도 그럭저럭 잘 짚었다고 본다.

이 책은 처음 글을 쓰려고 마음먹었을 때부터 글을 선보인 뒤에 이르기까지, 단계마다 부딪힐 수 있는 여러 문제를 보여준다. 그리고 내가 그런 문제를 평소에 어떻게 풀어가는지, 문제를 풀 때 유용하게 써먹은 방법은 어떤 것들이 있는지를 알려준다. 얍삽해 보이거나 천박해 보일까 봐 지금까지 남에게 이야기하지 않은 방법도 꽤 있다. 그렇지만 기왕 책을 쓰는 김에 후련하게 다 풀어놓기로 했다. 도대체 무슨 글을 써야 할지 모를 때 쓸거리를 찾아내고, 그렇게 찾아낸 글감을 재미있게 부려놓으며, 단어와 문장을 아름답게 꾸미기 위해 단련하는 방법, 글 쓰는 중에 여러 어려움을 겪으며 고민한 사연과 자잘한 경험까지 모두 모았다.

특히 어떻게 해야 꾸준히 글을 쓸 수 있는지, 글을 쓰고 싶은 의욕을 어떻게 유지할 수 있는지, 글을 남에게 선보이고 작가로 지내는 생활에 도전하면서 어떻게 해야 건강하게 버텨나갈 수 있는지를 모든 문제와 엮어서 풀어내려고 했다.

글을 쓰는 자기만의 요령을 어느 정도 갖추고, 글을 쓰면서 성장할 길을 찾았다면 그것을 어떻게 계속 유지할 수 있느냐가 중요하다고 생각한다. 좋은 글이란 읽는 사람마다 다른 것이고, 좋은 글을 쓰는 방법 또한 사람마다 잘 맞는 것과 안 맞는 것이 있지 않겠는가. 그렇다면 결국에는 글 쓰는 사람이 글 쓰고 싶은 마음을 얼마나 잘 가꾸어가느냐 하는 문제만이 남는다. 글 쓰는 사람들 사이에서 그것만큼 서로에게 좋은 참고가 되는 것도 없다.

다행히도 이것이 나만의 생각은 아니었다. 앞서 언급한 「교육부 고시 제2015-74호 별책 2」 78페이지의 맨 아랫줄을 보면 초등학생들에게 가르쳐야 할 내용을 학년별로 묶어서 "쓰기에 대한 흥미", "쓰기에 대한 자신감", "독자의 존중과 배려"라고 설명하고 있다. 바로 이 책에서 특별히 중요하게 다룬 글쓰기에 대한 흥미, 자신감, 의욕, 독자와의 관계에 대한 언급이 그대로 나와 있는 것이다. 그렇다면 이 책이 얼렁뚱땅 잡다한 술수와 잔기술을 늘어놓기만 한 게 아니라, 또한 글쓰기의 기본을 정확히 꿰뚫고 있다는 뜻 아니겠는가.

1. 상상

좋은 글감을 찾는 법

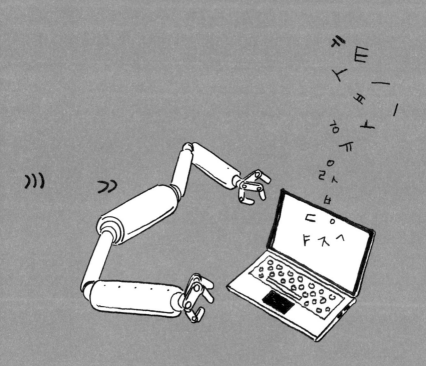

황당하고도 웃긴,
망한 영화를 보며 질문해보자

가끔 사람들 앞에서 소설에 대한 강연을 할 때가 있다. 그럴 때면 이야기의 소재를 도대체 어디서 얻느냐는 질문을 자주 받는다. 신문이나 잡지 인터뷰를 할 때도 같은 질문을 여러 번 받았다. 그 질문에 반복해서 대답하다 보니 늘 하는 답을 정해놓게 되었다.

가장 먼저 꺼내는 이야기는 바로 "망한 영화에서 이야기 소재를 얻는다"는 것이다. 실제로 망한 영화에서 이야기 소재를 꽤 얻기도 했는데, 이 방법은 나뿐만 아니라 이야기를 쓰고 싶은 많은 사람에게 유용할 것이다. 게다가 이 방법을 이야기하면서 더 구체적인 방식 몇 가지를 소개하기도 좋아서, 지금껏 나쁘지 않은 대답이라고 생각하고 있다.

나는 학창 시절부터 영화 보는 것을 대단히 좋아했다. 당연히 처음에는 재미있는 영화를 보려고 애썼다. 그 시절에는 대여점에서 VHS 비디오테이프를 빌려서 영화를 보곤 했는데, 지금보다는 훨씬 품이 드는 일이었다. 지금이야 24시간 영화를 방영하는 케이블 채널에서 보고 싶은 영화를 골라 잡을 수도 있고, IPTV의 무료 영화 중에도 그럭저럭 볼 만한 것이 있다. 하지만 그때는 영화를 보려면 우선 집에서 나가 비디오 대여점까지 걸어가야 했다.

비디오 대여점에 가면 책 한 권 크기의 비디오테이프가 담긴 플라스틱 케이스가 선반 위에 가득 꽂혀 있었다. 그 케이스의 앞면과 뒷면에 있는 설명, 영화 스틸 컷 몇 개만 보고 영화가 재미있을지 없을지 판단해야 했다.

"스필버그 사단의 돌아온 영화 마법!", "122분 동안 폭풍처럼 휘몰아치는 액션 스펙터클!", "신이여, 정녕 우리가 이 영화를 만들었단 말입니까" 같은 광고 문구만 보고 과연 이 비디오테이프를 돈 주고 빌리는 것이 잘하는 일일까 판단하기란 쉽지 않았다. 그때는 인터넷에서 검색을 할 수도 없고, 다른 사람이 SNS에 올려놓은 글을 참고할 수도 없었다. '스필버그 사단'이라고 하지만 스티븐 스필버그 감독 영화에 참여한 분장사 한 사람이 있을 뿐 스필버그 감독과 아무 상관없는 영화일 가능성도 있고, 폭풍처럼 액션이 휘몰아친다고 하지만 영화 자체가 폭풍을 맞은 것인지 의미를 알아먹을 수 없이 뒤엉킨 졸작일 가능성도 있었다.

　그러다 보니 영화 한 편을 고르기 위해 비디오 대여점에서 30분, 40분씩 서서 선반 이곳저곳을 뒤적거리는 일도 많았다. 혹시 재미없으면 어떡하지, 내가 기대했던 내용이 아니면 어떡하지, 망설이고 또 망설였다. 한 편을 빌리는 데 드는 천 원쯤 하는 요금이 당시 내게는 적지 않은 돈이기도 했고, 비디오테이프를 빌려 가면 다시 가져다주기 위해 또 이 가게까지 와야 하는데 그것 또한 대단히 귀찮았기 때문이다.

　한동안은 영화 잡지나 『비디오 백과』 같은 책을 참고해서 영화를 빌려 보기도 했다. 그렇지만 남들이 아무리 훌륭한 영화, 볼 만한 영화라고 해도 내가 보기엔 재미없는 경우도 많았다. 비디오 대여점에 있는 영화 중에 누가 봐도 재미있는 영화를 거의 다 보고 나니 더 이상 어떤 영화를 봐야 할지 고민이 되었다.

　결국 아무 영화나 대충 집어다 보기로 했다. 대신에 마음가짐을 바꾸었다. 재미없다고 아까워하지 말고, 재미없는 영화도 나름의 보는 맛을 즐겨보자고 생각을 고쳤다. 지금 돌이키면 그럴 수 있었던 것은, 내가 영화의 재미를 좋아했을 뿐만 아니라 영화를 본다는 것, 그 자체를 좋아했기 때문이라는 생각도 든다. 실제가 아닌 상상의 이야기를 실제인 것처럼 꾸미기 위해 세트를 만들고 사람들이 흉내를 내며 연기하는 것을 화면에 담아서 나중에 다시 그 움직이는 모양을 본다는 것. 그 자체에서 신비한 세계의 일부를 보는 것 같은 감흥을 느꼈다.

재미있건 없건 그냥 영화 보는 시간 자체를 즐기면서 영화를 보기 시작하니 점차 재미난 영화를 보는 것과는 다르게 망한 영화, 졸작을 보는 묘미를 알아가게 되었다.

인터넷을 통해 다양한 취미가 널리 공유되는 요즘에는 못 만든 영화를 일부러 찾아보는 사람이 적잖이 눈에 뜨인다. 꼭 그런 취미를 가진 사람이 아니라도 영화를 많이 보는 사람이라면 '도대체 영화를 얼마나 못 만들었기에 저렇게 말이 많나' 싶은 호기심에 일부러 못 만든 영화를 찾아보는 경우도 있다. 조잡한 것을 비웃고 그 황당한 모양새를 보고 즐기려는 것이다. 다시 말해, 못 만든 영화를 보는 '맛'이란 '웃긴 것', '황당한 것'을 발견하는 재미에 있다.

예를 들면, 1975년에 개봉한 〈공포의 이중인간〉이라는 한국영화가 있다. 공포영화인데도 전혀 무섭지 않고, 못 만든 모양새가 너무 황당해서 절로 웃음이 나오는 영화다. 한국영상자료원 상영회에서 처음 이 영화를 보았을 때 나는 다른 관객들에게 혹시나 방해가 될까 봐 터져 나오는 웃음을 억지로 참았다. 그런데 영화가 끝으로 갈수록 다른 관객들도 웃음을 견디지 못했다. 진지하게 만든 이 영화를 보던 관객들은 결국 다 포기하고 깔깔 웃고 말았다.

영화는 이렇게 시작된다. 폭풍우가 몰아치는 밤, 으슥한 산속에 한눈에 보기에도 공포영화 배경으로 적당해 보이는 불길한 산장 같은 건물이 있다. 이 건물은 어떤 이상한 의사가 일하고 있는 병원인데, 시체에 얽힌 나쁜 범죄를 벌인다든가, 미치광이 같은 실험을 할 법한 느낌이 난다. 그다음 장면에서는 이 건물에 갑자기 사람 하나가 나타난다. 인적이 드문 밤길에 갑자기 왜 사람이 나타났을까? 긴 머리카락과 음산한 표정, 폭풍우에 반쯤 젖은 모습이 마치 물귀신 같아 보인다. 그러니까 이 영화도 시작은 그럴듯한 공포물처럼 출발한 것이다.

그 사람은 의사에게 간호사를 구한다는 광고를 보고 찾아왔다고 말한다. 의사는 이상하게 생각한다. 구인광고 때문에 찾아왔다면 굳이 왜 이렇게 늦은 시각에 홀로 나타났을까? 영화를 보는 관객들도 이상하게 생각한다. 귀신처럼 보이는 그 사람에게 분명 다른 비밀이 있는 듯하다. 그런데 낭랑한 후시 녹음의 성우 목소리로 울려 퍼지는 그 사람의 대답은 상상의 틀을 와장창 깨버린다.

"빨리 안 오면 다른 사람에게 일자리를 빼앗길까 봐서요."

황당한 대답에 웃음을 참는 관객이 하나둘 생긴다. 대

답을 마친 간호사 지망생은 가벼운 발걸음으로 들어오는데, 이게 진지한 장면인지, 신비로운 장면인지, 일부러 긴장감을 흩어서 맥 빠지게 하려는 장면인지 도저히 알 수 없다. 제작진 스스로도 잘 알지 못하고 배우들도 뭘 어떻게 연기해야 할지 당황해서 엉거주춤하는 모습이 그대로 보인다. 각본을 대충 쓰고, 대충 쓴 각본을 또 대충 이해한 나머지 완전히 엉뚱하고 황당한 장면이 나온 것이다.

이처럼 못 만든 영화 속의 황당한 장면이라도 엉뚱한 웃음을 만들어내는 재료로 충분히 활용할 수 있다. 한편으로 황당한 장면은 그만큼 다른 곳에서는 볼 수 없었던 장면이기 때문에 덜 어처구니없게 고치면 색다른 아이디어로 멀쩡히 쓸 수 있다.

예를 들어, 방금 묘사한 장면의 시점을 구직자의 시점으로 바꾸면 나쁘지 않은 공포물의 도입부가 된다. 워낙 일자리가 없는 불경기인데 선착순으로 모집하는 임시직 일자리나 아르바이트 자리가 있다고 해보자.

주인공은 이번 달에는 일자리를 얻어야 하는 상황이기 때문에 지푸라기라도 잡고 싶은 심정이다. '24시간 방문 상담 환영'이라는 인터넷의 소개 문구는 마음을 움직인다. 댓글을 보니, 자기 말고도 다른 경쟁자들이 지금 이 시간에도 연락하고 있는 것 같다. 초조하게 고민하고 고민하다 보니 깊은 밤이고 산속이라도 면접을 보겠다고 달려가게 된다. 도착한 곳은 으스스함과 무시무시함이 스멀스멀 풍겨 나오는 수상쩍은 업체이고, 반드시 일자리를 얻으려는 구직자들을 대상으로 뭔가 이상한 일을 하는 곳으로 이야기를 이어갈 수 있다.

　망한 영화에서 아이디어를 찾아내는 방법은 이게 전부가 아니다. 사실 내가 소재를 찾을 때 망한 영화 보는 것을 유난히 좋아하는 진짜 이유는 따로 있다. 설령 망한 영화라고 하더라도 몇 가지 괜찮은 소재가 숨어 있기 때문이다.

　영화를 만들 때는 대체로 여러 사람이 힘을 합쳐 적지 않은 시간 동안 삶을 통째로 투자한다. 각본가와 감독이 땀 흘려 이야기를 만들고 연출을 고민해야 하며, 그 외에도 많은 제작진이 한 편의 영화를 꾸미기 위해 달라붙어 시간을 보내야 한다. 제작사는 영화의 장점을 보여주면서 투자를 끌어와야 하며, 누군가는 그 말을 믿고 적지 않은 돈을 써야 한다. 설령 못 만든 망한 영화라도 대체로 그런 과정을 거쳐야만 완성된다.

　그러므로 아무리 못 만든 영화라도 사람들의 돈을 끌어당길 만한 장점이 있을 수 있다. 장점이 크게 눈에 뜨이지는 않지만 언뜻언뜻 비치는 경우는 많다. 비록 장점을 살리지 못해 엉망이 되기는 했지만, 웃고 즐기는 사이에 가만히 들여다보면 그래도 처음 영화를 만들겠다고 시작했을 때 어떤 특이한 매력이 있었고 거기에 사람들이 빠졌기에 돈을 털어넣었다는 것을 느낄 수 있다. 또는 망한 영화의 진창 속에서도 많은 사람이 함께 일하는 가운데 잠깐씩 반짝거리는 누군가의 솜씨가 언뜻 눈에 뜨일 때가 있다. 바로 그런 것들을 찾아내고 파내서 내 이야기의 아이디어로 써먹는 것이다.

그런 관점에서 보면 〈공포의 이중인간〉은 황당무계한 구석이 많긴 해도 아무런 계산 없이 나온 영화는 아니었다. 물론 그리 값어치 있는 계산은 아니다. 이 영화는 사실 당시 우리나라에서 인기를 끌던, 영국의 해머 영화사에서 만든 공포영화를 모방해서 만든 것이었다. 구체적으로 말하면, 해머 영화사가 1967년 발표한 〈프랑켄슈타인 여자를 만들다〉의 아류작을 만들어서 비슷한 영화를 보고 싶어 하는 사람들의 눈길을 끌어보려고 했다.

때문에 〈공포의 이중인간〉에는 〈프랑켄슈타인 여자를 만들다〉에서 인기 있던 요소들을 집어넣으려고 시도한 흔적이 있다. 시체를 되살리는 작업의 묘한 분위기, 엄청난 실험을 성공시키기 위해 범죄를 서슴지 않는 학자의 광기 같은 것을 이야기의 소재로 삼으려고 했다. 그중에 따로 떼어놓고 봤을 때 관심이 생기는 소재가 있다면 그것을 내 이야기에도 써먹으면 된다.

게다가 〈공포의 이중인간〉은 졸작이기 때문에 매끈하게 만들어진 영화에는 없는 괴상한 소재도 들어 있다. 영화로 보면 아귀가 안 맞는 엉뚱한 이야기일 뿐이다. 하지만 의외로 영화에서 떼어놓고 보면 개중에 잘 가다듬어 다른 이야기에 쓰기에 괜찮은 소재가 되는 경우도 있다.

영화 속 의사는 도대체 왜 시체를 되살리는 연구를 하게 되었을까? 생명의 신비를 정복하겠다는 종교적 광기일까? 아니다. 죽음을 정복하겠다는 과학자의 열정일까? 역시 아니다. 라이벌 학자를 이기기 위한 질투심의 발로일까? 그것도 아니다. 사랑하는 죽은 아내를 되살리기 위한 것도 아니고, 자신이 죽을병에 걸렸기 때문도 아니다. 그렇다면 도대체 뭘까?

영화를 끝까지 보면 의사는 죽은 일본군인 하나를 되살리기 위해 연구하고 있었다는 것을 알게 된다. 일본군이 남긴 막대한 보물이 산속에 숨겨져 있는데 죽은 일본군인이 그 장소를 알고 있기 때문이다. 그러니까 의사는 시체를 되살려서 보물이 어디 있는지 물어보기 위해, 시체를 되살리는 기술을 개발하려고 했다는 이야기다.

대단히 조잡하고도 이상한 이유 아닌가? 숨겨진 보물의 금액이 얼마인지는 모르겠지만 죽은 사람을 되살리는 기술이 있다면 그 기술의 가치가 고작 그 보물에 비할까? 게다가 산에 숨겨진 보물의 위치를 모르는 게 문제라면 산을 샅샅이 수색하든지, 보물을 찾아내는 금속 탐지기 같은 기술을 개발하는 것이 낫지, 대뜸 '죽은 사람을 되살려서 물어보겠다'는 계획을 세우는 것은 정상적인 발상은 아니지 않나? 어쩌나 이유가 이상한지, 심지어 비슷한 부류의 얼토당토않은 이야기가 끊임없이 펼쳐지는 와중에 의사의 조수가 "그것은 이해할 수 없는 이유"라고 따지는 장면이 나온다.

사실 당시 일본군이 숨겨놓았거나 잃어버린 보물을 찾는 이야기는 우리나라 영화계에서 굉장히 유행했다. 어떤 이야기이건 일본군의 보물이라는 소재와 연결되면 재미있을 거라고 생각한 사람이 있었기 때문에 이 영화에도 억지로 일본군이 숨긴 보물 이야기를 집어넣은 것이다. 모를 일이긴 하지만, 이 영화에 투자하겠다고 나선 회사가 "우리는 일본군 보물 이야기 아니면 절대 투자 안 하겠다"고 하는 바람에 각본가나 감독이 무리수를 쓴 것은 아닌가 하는 상상도 해본다.

그런데 '뭔가 물어보기 위해 시체 되살리기'라는 엉뚱한 소재를 다르게 풀어보면 어떨까? 말이 안 되는 상황을 좀 더 말이 되는 상황으로 바꾸기 위해 앞뒤 사연을 바꾸거나 인물의 처지와 배경을 한번 바꿔보는 것이다. 그렇게 해보다가 마음에 드는 것이 보이면 아마 써먹을 만한 소재인지도 모른다.

예를 들어, 돈이 많으면 시체를 되살리는 것이 가능한 시대가 되었다고 치자. 가난해서 죽은 사람이 있는데 그 사람이 어떤 범죄사건의 유일한 목격자이기 때문에 법정에서 증언하도록 그 사람을 되살리는 이야기를 만들 수 있을 것이다. 그런데 만약 재판을 위해 되살아난 사람이 살기 싫어한다면 어떻게 해야 할까? 혹은 이 사람이 마땅히 생계를 이을 방법이 없다면 누가 도와줘야 할까? 다시 죽일 수도 없는 것 아닌가? 아니면 어마어마한 돈을 들여 되살렸는데 막상 이 사람이 기억을 못 한다면? 기억은 하지만 일부러 증언을 거부한다면? 갖가지 갈등이 있을 수 있고, 여기에서 다양한 이야기를 뽑아낼 수 있을 것이다.

이런 식으로 못 만든 영화, 망한 영화를 보면서 '그래도 이런 것 하나는 재미있었다', '시작할 때 이런 소재를 쓴 것은 흥미로웠다' 싶은 것을 캐내면, 그것을 메모해두고 비슷한 것끼리 정리해두어도 좋다. 그러면 나중에 훑어보면서 여러 소재를 어떻게 엮어 이야기를 키워나갈지 이리저리 상상해볼 수 있다.

영화나 TV, 소설을 보면서 이런 생각을 하는 이가 나뿐만은 아닐 것이다. "아니, 저 영화는 웃긴 사람이 소동 일으키는 코미디로 재미있게 잘 출발해놓고 왜 중간부터 갑자기 감동 신파극으로 이야기를 질질 끌고 있어"라든가, "이 연속극은 중간중간에 웃기겠다고 나와서 멍청한 소리나 하고 들어가는 주인공 친구 장면만 없어도 참고 볼 텐데. 도대체 왜 쟤네들을 집어넣어서 채널 돌리게 하는지 모르겠어" 하는 말을 종종 들은 기억이 있다. 만약 어떤 작품을 보다 투덜거렸다면, 그것을 나중에 다시 기억해낼 수 있도록 어딘가에 잘 써두자. 후에 좋은 소재가 될 수 있다.

어떤 이야기에서 좋아했던 장점은 잘 살리면서, 보기 싫었던 점은 빼고 다시 채워 넣어 다른 이야기를 꾸며낸다면 괜찮은 것이 될 가능성이 있다. 적어도 나 스스로 보고 싶었던 이야기와 비슷하게 써낼 수 있을 것이다.

이 방법을 쓰면 머릿속에 떠오르는 구체적인 소재를 가지고 시작할 수 있다는 장점이 있다. 글의 내용을 궁리하는 동안 계속해서 그 영화의 장면과 그나마 인상적이었던 대목을 떠올릴 수 있다. 막연하게 생각하는 '재미난 이야기', '감동적인 이야기', '무서운 이야기'가 아니라 무언가 그려볼 수 있는 소재가 있고, 그것을 어떤 방향으로 바꿔보겠다는 분명한 목표도 있다. 처음부터 매달릴 것이 있고 방향이 선명하면 글을 쓰는 데 빨리 착수할 수 있어서 좋고, 전체를 가늠해서 일정에 따라 글을 써나가는 데도 유리하다.

다시 말해, 망한 영화에서 얻은 소재를 써먹으면 실제로 글 쓰는 일에 의욕적으로 뛰어들기 편리하고 마감을 지키기 좋다. 글쓰기에서 이 두 가지는 언제나 탐을 낼만 한 장점이다.

한발 더 나가보자면, 망한 영화는 소설뿐만 아니라 다른 글을 쓰는 데도 나쁘지 않은 출발점이 된다. 망한 영화가 왜 망했는지 따져보면 우리가 갖고 있는 고정관념이나 진부한 생각을 조명해보게 될 때가 있다. 혹은 우리 사회에서 어떤 일을 하는 방식이나 판단하는 과정이 잘못되었다는 것을 깨달을 때도 있다. 망한 영화의 망한 부분을 다 버리고, 가치 있는 문제만 잘 뽑아낸다면 다른 그럴싸한 영화들이 미처 다루지 못하고 지나간 문제를 잡아낼 수도 있다. 적당히 잘 어울리는 망한 영화를 고른다면, 토론 클럽에서 돌려 보는 '이번 주 우리가 생각해볼 문제'에서부터 친구에게 잡담 삼아 보내는 편지까지 온갖 글의 출발점이 될 수 있다.

또한 망한 영화이기 때문에 사람들이 자주 다루지 않았을 것이므로, 그럭저럭 새로운 내용이라는 느낌을 주기에도 유리하다. '천만 영화'라면 그 영화의 갖가지 장단점에 대해 온갖 이야기를 하는 사람들이 있겠지만, 망한 영화라면 그 영화를 보고 글을 쓴 사람은커녕 영화의 존재를 아는 사람조차 별로 없을 것이다. 이 정도면 제법 신선한 소재라고 생각한다.

자기소개서 양식에 자주 보이는 "나만의 독특한 체험을 써보라"는 강요는 많은 사람을 막막하게 만든다. 전설적인 무용담도 없고, 화려한 수상 실적도 없는 사람에게 신선한 소재, 독특한 경험, 나만의 개성을 뽑아내기란 힘겨운 일일 것이다. 그러니 들어본 적 없는 망한 영화 한 편을 봤다면 일단 뭔가 특이한 것을 본 셈이기는 하니 활기찬 출발이라고 생각한다.

내 손으로 다시 쓰는
아르센 뤼팽

초등학교 2학년 때 모리스 르블랑의 『아르센 뤼팽』시리즈 중 하나인 『아르센 뤼팽의 고백』을 교실 책꽂이에서 발견했다. 쉬는 시간 잠깐 사이에 그 책을 읽으며 완전히 빠져버렸는데, 그때 내가 읽은 것은 뤼팽이 결혼을 하려는 대목이었다. 뤼팽이 결혼이라니? 이제 도둑생활은 정리하고 정착해서 애 키우고, 달마다 주택담보 대출금이나 갚는 생활을 해나가려는 것일까? 아니면 결혼한 상태에서도 범죄 행각은 계속하려는 것일지도 몰랐다. 혹은 그냥 도둑질에서 손을 씻은 것처럼 연기만 하는 것일 수도 있었다. 그렇다면 뤼팽의 신부는 그 사실을 눈치채고 있을까도 궁금했다. 혹시 눈치를 채고 있으면서도 뤼팽이 정말로 마음을 잡은 것이라고 억지로 믿고 싶어 하는 것일까? 그런 심리는 어떤 것일까?

　도저히 다음 이야기가 궁금해서 견딜 수 없었던 나는 수업이 시작된 후에도 몰래 책상 아래에서 책을 펼쳐 다음 이야기를 읽어나갔다. 그러다가 선생님께 들켜 부끄러웠고, 미안했고, 후회스러웠다. 하지만 그러면서도 가장 중요한 것은 궁금한 다음 이야기였다. 얼른 선생님께 야단을 다 맞고 나서 최선을 다해 남은 수업시간을 버틴 뒤에 다시 쉬는 시간이 왔으면. 그래서 뤼팽의 다음 이야기를 읽을 수 있다면. 그 마음이 가장 앞섰다.

　그날 쉬는 시간마다 그 책만 읽었고, 수업이 다 끝난 후에도 빈 교실에 남아 계속 읽었다. 나는 하루 만에 초등학교 저학년에게는 얇지 않았던 그 책을 다 읽었는데, 다 읽고 집으로 돌아오는 길에도 계속 뤼팽 생각을 했다. 그 전까지는 뤼팽이라면 그냥 이름만 알고 있는 정도로 '재미있고 신기한 행동을 하는 도둑'이라는 막연한 느낌만 갖고 있었다. 그런데 이제는 뤼팽이 어떤 사연과 어떤 이야기로 그런 명성을 갖게 되었는지 알게 되었다. 마치 프랑스 어느 곳에 실제로 지금도 뤼팽이라는 사람이 있을 것 같았다. 나중에 어른이 되어 돈을 벌어서 프랑스에 가면 뤼팽을 만날 수도 있고, 그러면 책에서 본 온갖 모험을 같이할 수 있을 것만 같았다.

　그 후로 며칠간, 나는 그 책을 다 읽었다는 사실이 너무나 안타까웠다. 당시 『아르센 뤼팽의 고백』에는 대여섯 편 정도의 단편이 실려 있었다. 동네 근처에는 큰 서점도 없었거니와 그때만 해도 『아르센 뤼팽』 시리즈가 지금처럼 차근차근 번역되어 나와 있지도 않았다. 그 이상의 이야기가 꼭 있을 것만 같았는데, 더 이상 읽을 것이 없었다. 다른 이야기나 비슷한 이야기를 더 읽고 싶었지만, 하는 수 없이 『아르센 뤼팽의 고백』만 몇 번을 거듭해서 읽었다. 특히 단편 「지푸라기」는 스무 번은 읽었던 것 같다.

　이럴 때 자신이 작가라면 스스로 『아르센 뤼팽』 시리즈와 같은 이야기를 하나 써보겠다는 생각을 품을 수 있다. 그러면 그런 이야기를 쓰는 것 자체가 좋아하는 책을 즐기는 것과 비슷한 행복이 된다. 이렇게 썼지만, 사실 거짓이다. 글쓰는 것에는 어느 정도 고난과 역경이 끼어들기 마련이니, 아무리 내가 좋아하는 이야기와 바로 연결된 이야기를 쓴다고 해도 그렇게까지 즐거운 것만은 아니다. 그렇지만 처음 이야기에 손을 댈 때 신나고 의욕 넘치는 출발을 하기가 조금 더 쉬워질 것이다.

　소재를 캐내는 또 한 가지 쉬운 방법은 모방에서 시작하는 것이다. 이 방법을 쓰면 정말 쉽게 출발할 수 있다. 내가 재미있다고 생각하는 소설, 연속극, 영화 등을 그대로 따라 써보는 것이 시작이다.

특히 소설이 아니라 연속극이나 영화의 내용을 모방하는 것으로 소재 찾기를 시작하면 베끼는 느낌을 처음부터 꽤 가릴 수 있다. 연속극이나 영화는 글이 아니라 영상으로 되어 있다. 그 내용을 글로 옮기면 영상이 그냥 옮겨지는 것이 아니라 내가 보고 기억한 내용을 옮기게 된다. 내가 인상적으로 생각한 대목을 중심으로 글이 이루어질 것이고, 내 글솜씨와 내가 좋아하는 표현법으로 화면 속의 장면이 글로 변해 나올 것이다. 그러면서 내 판단과 개성이 녹아든다. 내가 좋아하는 이야기를 그대로 가져오면서도 글을 나다운 솜씨로 꾸밀 수 있다.

무엇보다 내가 좋아하거나 깊이 감동받은 이야기에서 출발하기 때문에 스스로가 즐겁고 신나게 글을 쓸 수 있다는 것이 가장 좋은 점이다. 내가 좋아하는 이야기를 한 번 더 즐기고 이어나간다는 느낌으로 글을 쓸 수 있다.

여기까지 성공했다면 이제 다음 단계를 노릴 수 있다. 다음 단계는 단순한 모방에 그치지 않고 이야기를 조금씩 고쳐나가는 것이다. 가장 값싼 방법은 등장인물의 이름을 바꾸는 것이다. 예를 들어, 『아르센 뤼팽』 시리즈를 모방한다면 거의 똑같은 이야기를 쓰면서 주인공의 이름은 뤼팽이 아니라 '라부아지에'라든가 '푸앵카레' 같은 다른 이름으로 바꾼다.

1980년대 초에 아포지사(社)에서 발표한 컴퓨터 게임 "파라오의 무덤"은 고고학자 탐험가가 온갖 함정으로 가득 찬 고대의 무덤을 탐험하는 내용이다. 그런데 영화 〈인디애나 존스〉 시리즈가 유행하던 시절에 나온 이 게임의 주인공 이름은 '네바다 스미스'였다. '인디애나'라는 이름이 미국의 인디애나주와 같다는 점에 착안해 게임 주인공의 이름을 네바다주에서 따온 '네바다'라고 붙였고, '존스'가 흔한 성이라는 점을 따라 게임 주인공에게도 '스미스'라는 흔한 성을 붙인 것이다.

아포지의 제작진은 자신들이 좋아한 영화를 게임이라는 다른 매체로 옮기고 주인공 이름만 살짝 바꿔 붙인 것이다. 이런 방식으로 좋아하는 영화와 거의 같은 내용을 소설로 옮긴 다음에 등장인물 이름만 고치면 저렴한 값에 흔히 '아류작' 취급을 받는 이야기 하나는 써낼 수 있다.

여기에서 더 나아가면서 소재를 다듬으면 이것을 점점 더 괜찮은 이야깃거리로 끌어올릴 수 있다. 가장 쉽게 생각할 수 있는 것은, 원래 모방한 이야기에서 내가 잘 다루지 못할 이야기나 쓰기 싫은 이야기는 빼고 대신 내가 잘 쓸 수 있거나 더 쓰고 싶은 이야기를 한 토막씩 넣는 것이다.

다시 뤼팽으로 돌아가서, 그 이야기는 20세기 초 프랑스를 배경으로 자본주의 문화와 프랑스 부유층의 생활을 보여준다. 그런데 초등학교 2학년짜리 한국 어린이가 아류작을 쓴다고 해서 그런 분위기를 완벽하게 흉내 내기는 어려울 것이다. 그때 나는 프랑스어라고는 '프랑스'라는 말밖에 몰랐고, 부유층의 생활에 대한 상상이라고 해봐야 돈이 많은 사람은 귀찮게 슈퍼마켓에 갈 필요 없이 창고에 '새우깡'을 200봉지씩 쌓아두고 언제나 마음껏 먹을 수 있겠다는 상상밖에 하지 못했다.

그렇다면 뤼팽 이야기와 같은 것을 쓰되, 배경을 바꾼 이야기를 쓰는 편이 더 좋을지도 모른다. 예를 들어, 20세기 초의 프랑스가 아니라 20세기 말의 대한민국을 배경으로 해서 멋 부리기 좋아하는 진기한 도둑이 등장하는 이야기를 써볼 수 있다. 아니면 아예 새로운 도전으로, 20세기 말 대한민국의 초등학교를 배경으로 진기한 도둑이 등장하는 발상도 좋다. 나는 20세기 말 대한민국의 초등학교에 대해서는 제법 많이 알고 있고, 그런 배경에서 벌어지는 일을 생생하게 상상해낼 수도 있으니까.

여기까지 소재를 끌고 오면 이제부터는 어떻게 그렇게 될 수 있는지, 곁가지와 살을 계속 상상하며 덧붙일 수 있다. 위대한 도둑이 왜 초등학교에 왔을까? 인구가 계속 불어나던 20세기 말 대한민국에는 산 아래에 급하게 건설한 초등학교들이 많았다. 큼지막한 초등학교 건물과 넓은 운동장 터를 닦다 보면 산에 있는 무덤 한두 개쯤을 없애버리고 부지에 포함하는 경우도 흔했다. 그래서 "우리 학교가 옛날에는 무덤자리였기 때문에 학교에서 귀신이 나온다"는 이야기나, "우리 학교 터가 옛날에 공동묘지였다"는 소문을 퍼뜨리는 아이들이 학교마다 꼭 있었다. 그렇다면 우리 학교가 있는 자리에 원래 귀중한 보물이 같이 묻힌 무덤이 있었던 것이 아닐까? 위대한 도둑이 초등학교에 온 이유는 학교를 건설할 때 없앤 무덤 자리를 찾기 위해서일지도 모른다. 그러면 이 도둑은 학교에 떠도는 귀신 소문에 특히 관심을 가질 수도 있다. 그리고 거기에서 다른 오해나 또 다른 소동이 생겨날 수도 있을 것이다.

뤼팽에서 착안한 이 위대한 도둑이 학교에 들어오기 위해 쓰는 수법도 고민해야 한다. 초등학교에서 가장 자연스러우면서도 활발히 활동하기 위해서는 아마 교사로 변장하는 게 좋을 것이다. 그렇다면 위대한 도둑은 가짜 선생님이 되어 아이들을 가르치면서 한편으로는 보물을 찾으려고 할 것이다.

이 도둑이 아이들을 어떻게 가르칠까를 상상해보면 재미있는 이야깃거리가 나올 수 있다. 미술시간에 위조지폐 만들던 경험을 살려 돈을 똑같이 그려보라는 주제를 내어줄지도 모르고, 체육시간에는 담벼락을 타고 기어오르는 것을 가르쳐줄지도 모른다. 도덕시간에는 스스로 도둑인 처지에 무슨 이야기를 할지 궁금해진다. 뒷골목 갱단과 맞서는 사람이니 싸운 아이들을 중재할 때도 색다른 면모를 보여줄 것이다. 혹은 아이들 가르치는 일은 본업이 아니라고 생각하고 있으니, 아예 최대한 아이들을 안 가르치고 놀고먹으려 들지도 모른다. 아이들은 이 위대한 도둑을 좋아할까, 싫어할까, 하는 이야기도 붙일 수 있다.

이렇게 모방한 이야기에 새로운 이야깃거리를 끼워 넣으면서 서로 어울리게 만들기 위해 이런저런 내용을 상상하다 보면 재밋거리는 점점 더 늘어난다.

이 방식을 조금 더 키워서 좋아하는 이야기의 장르를 바꾸어 새로 꾸며볼 수도 있다. 나는 이런 방법을 '판 바꿔치기'라고 부른다. 예를 들면, 현대에 벌어진 흥미진진한 사건을 조선시대나 고려시대 배경으로 다시 써본다거나 서부극의 이야기를 새로운 영토를 개척한 고려 사람들의 이야기로 다시 써본다. 정치적 암투와 속임수에 관한 정치물에서 본 등장인물들을 저녁 계모임에서 벌어지는 이야기로 꾸며볼 수도 있고, 속고 속이는 연애 소동에 등장한 인물들을 스파이 소설 속 이중간첩의 아슬아슬한 사연에 등장시킬 수도 있다.

SF 배경으로 벌어지는 추리물이나 판타지 배경에서 벌

어지는 사극은 이미 워낙 많이 시도되어 그 자체가 하나의 유형으로 자리 잡았을 정도다. 그러니 비슷한 방식을 얼마든지 더 상상할 수 있다.

이런 방식은 꼭 비슷한 장르 사이에서만 쓸 수 있는 것도 아니다. 더 넓은 범위에서, 더 다양한 방향으로 모방할 수 있다. 21세기 현대 도시인의 외로운 풍속도를 사실적으로 그려내는 서글픈 소설을 쓰면서 줄거리는 셰익스피어의 『리어왕』 구도를 따라 가도록 꾸밀 수 있다. 또 일상 속 사건을 겪으며 성장해나가는 청소년의 심리를 그리는 심각한 소설을 쓰면서 인물은 『해리포터』에서 따올 수도 있다. 오히려 서로 어울리지 않을 것 같은 배경과 사건을 뒤섞거나 아무도 시도해본 적 없는 '판 바꿔치기'를 쓰다가 더 독특한 소재를 찾아낼 수 있지 않을까.

한 가지 꼭 언급하고 싶은 것은, 모방한 이야기와 새로 바꿔치기 하는 이야기를 어울리게 만들려면 이야깃거리를 최선을 다해 끌어모아야 한다는 것이다. 그렇지 않으면 '한국판 ○○'를 만들겠다고 하다가 어정쩡하게 실패했던 그 많은 아류작과 다를 바 없을 것이다.

〈인디애나 존스〉 시리즈와 닮은 이야기인데 배경을 한국으로 옮긴다고 상상해보자. 〈인디애나 존스〉 시리즈에는 주인공의 적으로 나치 독일의 독일군이 나오는데 대신 일본 제국의 관동군이 나오는 이야기를 꾸민다면 처음에는 얼추 맞아 들어가는 느낌이 날 것이다.

그렇지만 계속 똑같이 갈 수는 없다. 차이점은 명백하다. 일본 제국은 나치 독일처럼 기독교 성유물에 관심을 보인 적이 없다. 그러니 종교적인 분위기가 서린 고대 유물을 찾는 이야기를 꾸미기는 쉽지 않다. 게다가 인디애나 존스는 미국인으로 나치 독일과 멀리 떨어져 있는 강대국의 학자다. 일본 제국에 점령된 식민지 조선의 학자와는 태도나 입장이 다를 수밖에 없고, 같은 말투와 태도를 갖기도 어렵다. 일본 제국이 불교 유물을 찾는 이야기를 꾸며 넣고, 주인공이 사실은 중국이나 인도의 대학에서 일하는 유학생 출신이라는 식으로 억지로 맞춰봤자 점점 더 이야기는 생기 없는 가짜 같을 것이다.

그러니 '한국판으로 만들면 재밌겠지'까지만 생각해서는 안 된다. 그렇게 게으르면 망하기 쉽다. 상상이 짧게 멈춰버리면 새로운 이야깃거리는 별로 나타나지 않고 베낀 구석은 민망할 정도로 눈에 잘 뜨이게 될 것이다.

그러는 사이에 억지로 끼워 맞춘 내용은 점점 더 억지스러워지기만 해서 이야기를 점점 더 추하게 만든다. 미국 드라마에서 과학수사를 하는 이야기가 재미있었으니 그걸 모방해서 '한국판 과학수사 이야기'를 만들겠다고 했다가 망한 사례, 미국 드라마에서 정치 다툼과 사회 문제를 다루는 이야기가 재미있으니 '한국판 정치 이야기'를 만들겠다고 했다가 망한 사례, 불쌍할 정도로 초라하게 베끼다가 실패한 1980년대 한국 애니메이션의 표절작들이 바로 그런 늪에 빠져 썩은 흔적만 남긴 생생한 증거다.

그러므로 모방하는 방법을 쓸 때는 모방한 이야기와 바꿔치기한 이야기가 확실히 어우러지면서 새롭고 재미난 것이 나타날 때까지 소재를 충실히 가꿔나가야 한다. 할 수만 있다면 처음 모방의 대상으로 삼은 것과 확연히 달라 보이는 새로운 소재가 탄생했다는 느낌이 들 때까지 고치고 다듬으면 좋다. 가끔 바꿔치기를 하다 보면 원래 모방한 대상과 아주 심하게 달라지고 나아가서 핵심까지 달라지는 경우도 있는데, 그렇게 달라진 이야기가 마음에 든다면 과감하게 밀고 나가도 괜찮다.

아닌 게 아니라 처음에는 다른 재미난 이야기를 따라 하는 것으로 출발했지만 나에게 맞는 이야기로 조금씩 바꾸다 보면 따라 하던 틀을 부수고 새로운 이야기로 나아가고 싶어지는 순간이 있다. 여기에 바꿔치기 방법의 묘미가 있다. 아르센 뤼팽 같은 도둑이 초등학교에 온다는 이야기를 조금씩 가다듬다가 문득 도둑이 유쾌하고 용감한 멋쟁이가 아니라 차라리 비겁하고 치졸한 우스꽝스러운 인간인 것이 더 이야기에 잘 어울리겠다는 생각이 들지도 모른다. 그렇다면 처음에는 뤼팽을 따라 하는 것에서 출발했지만 과감하게 뤼팽과는 동떨어진 인물로 바꾸는 결단을 내려도 좋다.

그러나 세상 일이 쉽지만은 않은 것이, 그렇다고 또 많이 바꾸는 것이 능사는 아니다. 바꿔치기를 하다 보면 어쩔 수 없이 모방해온 이야기는 조금씩 원래 모습을 잃을 것이다. 그러면 원래 이야기의 재미는 그만큼 줄어들지도 모른다. 바꿔치기를 하다가 재미있는 부분까지 바꿔치게 되는 것이다.

이것은 바꿔치기 수법을 쓰는 한 어쩔 수 없는 한계다. 그저 조심하는 수밖에 없다. 소재를 가다듬으면서 포기할 수 있는 부분을 바꿔치기한 것인지, 핵심을 바꿔치기한 것은 아닌지 돌아보고 고민해야 한다. 예를 들어, 아르센 뤼팽 이야기의 배경을 20세기 초 프랑스가 아니라 21세기 초등학교로 옮겼다면 배경에 나타나는 여유로운 옛 프랑스의 흥취는 사라질 수밖에 없다. 그런데 아르센 뤼팽 이야기를 읽는 재미는 흔히 '벨 에포크'라고 부르는 그 시절 프랑스의 분위기에 서려 있기도 하다. 뤼팽을 붙잡기 위해 등장한 가니마르 경감이 말끔한 제복을 다려 입고 우아한 말투로 백작 부인에게 말을 건네는 것과 등산복을 입은 서울 시내 경찰청의 껄렁한 형사가 휴대전화로 대뜸 "녹취도 좀 하겠습니다"라고 하는 것의 분위기는 다르다. 이 재미를 정말 포기해도 되는지 계산할 수 있어야 한다.

그 시점에 실수하는 바람에 제대로 모방해내지 못하고 누추한 아류작으로 주저앉는 경우도 적지 않다. 재밋거리인 대목과 포기할 대목을 정확하게 포착하지 못하면 모방이라는 가장 쉬운 길에서도 실패하게 된다. 정작 재미있는 대목을 놓쳐버리고, 따라 해봤자 별 도움도 안 되는 대목만 따라하는 그 길은 망한 아류작들이 묻히는 무덤으로 난 고속도로라고 할 수 있다. 2000년대 초 공포영화들 중에는 훌륭한 다른 공포영화를 베껴서 만들었지만 신비로운 호기심이나 암담한 비전의 무거운 느낌을 옮겨 오지는 못하고, 그저 잡다한 잔인한 장면이나 갑자기 크게 터지는 소리로 사람들을 괴롭히는 게 전부였던 실패작이 얼마나 많았나.

나는 옛날 하드보일드 탐정 소설이나 흑백영화 시대 누아르의 줄거리를 우리나라 삼국시대 배경으로 옮겨보겠다는 계획으로 단편집 『모살기』를 쓰기 시작했다. 그때까지 보통 삼국시대를 배경으로 하는 이야기는 마법이나 주술이 가득한 환상적인 이야기로 그려내거나 위인의 무용담을 이야기하는 경우가 많다고 느꼈고, 그런 이야기에 실망한 적이 많았다. 역사를 그저 멋지고 위대하게 표현하려고 애를 쓰는 점도 이상했고, 그 시대에 실제로 우리와 비슷한 사람들이 살고 있었다는 생동감도 부족하다고 생각했다.

그래서 나는 하드보일드 탐정소설에 나오는 것처럼 냉정한 세태를 그리고, 범죄가 일어나는 밤거리 풍경을 그대로 옮겨놓으면 삼국시대라는 배경이 생생하게 살아날 것이라고 생각했다. 흑백영화 시대 누아르 속의 상투적인 인물들 속에서 위험한 여인이나 억울하게 쫓겨난 경찰 같은 인물을 삼국시대로 가져오기로 했다. 주인공이 어느 소도시에 갔더니 거물 악당이 도시를 완전히 지배하고 경찰까지 장악하고 있더라. 주인공은 그 악당에게 잘못 걸렸는데 홀로 맞서 싸워야 한다, 이런 식의 사건도 가져오기로 했다. 그런 상황에 어울리는 시점을 골라야 했기에 새로운 영토를 계속해서 늘려나간 3세기 후반 고구려를 무대로 삼기로 했다.

그러나 옛 영화 속에서 밤거리에 울려 퍼지곤 하는 재즈와 블루스 음악을 삼국시대로 옮겨 올 수는 없었다. 유난히 감상적으로 들리는 트럼펫 소리는 옛날 누아르의 운치를 말할 때 빼놓을 수 없다고 생각한다. 나 역시 지금껏 순전히 음악이 듣기 좋아서 본 영화도 몇 편인지 모른다. 그렇지만 이 소설을 쓸 때는 빼놓을 수밖에 없었다. 그 점을 빼놓으면 원래 상상했던 재미를 얼마나 살릴 수 있을지 가늠해봐야 했다. 바꿔치기 방법을 쓸 때 누구나 해야 하는 고민이다.

그때 내린 결론은 그래도 괜찮겠다는 것이었다. 그래서

하드보일드 탐정소설에는 있지만 삼국시대에는 없었던 권총과 LA 뒷골목의 갱단을 대신할 것을 궁리했고, 권총 대신 도끼를 들고 싸우는 장면과 마약 밀매로 성공한 거물 대신 이민족과의 전쟁에서 공을 세운 영웅을 등장시켰다. 그리고 그 모든 이야기가 자연스럽게 어울리도록 내용을 계속해서 조정하면서 장면들을 상상해나갔다. 결과는 다행스럽게도 마음에 들었다.

스스로 찾아가는 재미의 법칙,
감동의 원리

앞서 이야기한 두 가지 방법에는 공통점이 있다. 바로 다른 이야기에서 배울 만한 점을 뽑아 와서 변형한다는 점이다. 아예 거기에만 집중하는 방법도 있다. 재미있는 영화나 감동적인 소설을 봤을 때, 어떤 점이 재미있었고 어떤 점이 좋았는지 정리해놓는 방법이다. 그렇게 정리한 목록을 가끔 들여다보면서 어떤 소재로 글을 시작할지 이리저리 고민해보면 그 자체로도 재미있는 여흥이 될 때가 있다.

소설을 읽거나 영화를 보았을 때 어떤 이유로 그 이야기가 재미있었는지 차근차근 분석할 수 있다면 좋겠지만 매번 그렇게까지 할 필요는 없다. 우선은 읽은 소설과 영화를 정리해두고 '재미있었다'와 '재미없었다' 두 가지로 분류해 기록하는 정도도 좋다. 여기에 한두 줄 정도 어느 장면이 재미있었는지, 어느 장면이 감동적이었는지 써놓으면 일단 괜찮은 출발이다.

이때 그 이야기에서 '가장 재미있었던 대목'을 골라내야 하는 것은 아니다. 굳이 가장 재미있었던 순간을 찾아내려고 들면 영화 전체의 의의와 깊이에 대해 너무 심각하게 통찰하게 된다. 그것은 온갖 재밋거리들을 모아서 소재의 밭으로 써먹으려는 목적에는 방해가 된다. 그저 잔재미가 있었던 순간, 크게 핵심으로 나온 내용은 아니었지만 기대되고 즐거웠던 순간, 작은 묘사였지만 마음에 와닿았던 부분이라도 기록해놓으면 충분하다. 반대로 기억에 깊이 남은 장면이라고 해도 가만 돌이켜보니 별로 재미는 없었던 장면이라면 써둘 가치는 없다. 잔인하거나 충격적이거나 자극적인 장면은 선정성 때문에 그 가치 이상으로 기억에 오래 남는 경우가 많은데, 그것만으로 좋은 글거리가 되는 것은 아니다.

재미있게 본 이야기의 장점을 기록할 때는 자신의 감상과 관점을 지켜야 한다는 점에 유의해야 한다. 사람들이 재미있다고 떠들지만 나는 재미가 없었다면 재미가 없는 이야기로 취급해도 된다. 유명한 평론가가 "인간의 야수 같은 어두운 면을 잘 포착했다"고 평했지만 내가 보기에는 역겨운 장면만 가득한 지루한 영화였다면 지루한 영화로 취급하면 된다. 내 판단이 잘못된 것일 수도 있다. 더 많은 경험을 한 뒤에, 다른 조건에서 그 영화를 보면 그제야 진가를 깨닫고 훨씬 더 좋은 영화라는 것을 알아볼지도 모른다. 그러면 그때 다시 기록해두면 된다.

영화의 별점을 매기려는 것도 아니고 흥행 영화 시간표를 짜려는 것도 아니다. 다른 이야기를 보고 거기에서 내 글의 소재를 찾을 뿐이다. 그렇다면 내가 정말로 그렇게 느낀 것에 집중해야 한다. 평론가가 멋진 장면이라고 꼽는 장면, 사람들이 가장 인상적이었다고 입을 모으는 장면이라고 해서 '정말 그렇겠거니' 하고 따라갈 필요도 없고 거기에 넘어갈 이유도 없다. 내가 좋아하는 장면, 즐겁게 본 장면을 써둔다. 싫었던 장면, 지겨운 장면, 지긋지긋했던 장면을 기록해두는 것도 유용한데, 이것은 소재를 찾기보다는 소재를 이야기로 펼쳐나가는 데 활용할 수 있다.

조금 더 여유가 있다면 다음 단계로 넘어가보자. 재미있게 본 장면, 감동적으로 읽은 대목이 왜 재미있었는지, 왜 감동적이었는지 그 이유를 생각해보고 그것까지 써두면 더 좋다. 이것은 말하자면 재미의 법칙, 감동의 원리를 자기 나름대로 탐색하는 일이다. 법칙과 원리를 잘 포착했다면 그 법칙과 원리를 이용해 내 이야기도 재미있고 감동적으로 쓸 수 있지 않을까?

영화 〈영웅본색〉 1편에서 범죄조직 생활을 청산하고 택시기사로 평화롭게 살아가는 적룡이 주윤발을 오래간만에 다시 만나는 장면이 있다. 선글라스를 끼고 불타는 지폐로 담배에 불을 붙이던 화려한 주윤발은 초라한 모습이 되어 날건달의 자동차 유리를 닦아주고 구걸하듯이 받은 돈으로 살고 있다. 그런 주윤발을 적룡이 다시 만났을 때, 주윤발은 주차장 구석에서 허겁지겁 밥을 먹고 있다. 적룡을 본 주윤발은 밥을 먹다 말고 눈물을 흘린다. 나는 이 장면이 아주 슬프고 아련한 대목이라고 느꼈다.

이 영화를 보고 얼마 되지 않아, 나는 그 장면이 왜 슬프고 아련했는지 고민해봤다. 우선 내린 결론은 '밥 먹으면서 울어서'였다. 그러고 보니 "눈물 젖은 뭘 먹어보지 못하고는 인생을 논하지 말라" 어쩌고 하는 흔한 옛날 글귀도 생각났다. 눈물 젖은 밥, 눈물 젖은 빵은 아마 밥 먹으면서 눈물 흘리는 장면을 상징하는 어구인 것 같다. 그 말처럼 '밥 먹으면서 우는 장면'은 특히 슬퍼 보인다, 이런 게 슬픈 장면의 법칙이 아닌가 싶었다.

그러고 보니 정말로 슬픈 느낌을 확 주고 싶을 때 밥 먹으면서 우는 장면을 끼워 넣는 연속극이나 영화가 꽤 많았다. 의외로 자주 나와서 극작가들 사이에서는 널리 알려진 상투적인 기법이 아닌가 싶을 정도였다. 2000년대 초에 나온 한 TV 연속극에서는 '또 밥 먹다 우는 장면이냐' 싶을 만큼 자주 나오기도 했다. 그 연속극은 슬픈 장면을 절절하게 그렸다고 평도 좋은 편이었다.

그렇다면 '왜 밥 먹다 우는 장면은 슬픈가?'를 고민해보게 되었다. 보통 잘 우는 사람이라도 밥 먹다가 우는 경우는 많지 않다. 밥 먹는 것은 평범한 일상생활을 가장 상징하는 행동이다. 무언가를 별 의식 없이 자주 하는 것을 두고 '밥 먹듯 한다'라고 표현하지 않나. 밥 먹다가 우는 장면은 바로 그런 가장 간단한 일상생활조차 무너질 정도로 큰 슬픔이라는 인상을 주는 것 아닐까? 그래서 밥 먹다 우는 장면이 슬픈 것처럼 느껴지는 것 아닐까?

그게 아니면, 울음을 참으면서도 억지로 밥을 삼키는 상황 자체가 슬픔을 자아내는 것일 수도 있다. 밥을 먹는 행위는 살기 위해서 반드시 해야 하는 것이다. 그래서 '생존을 위해 한 일'을 '먹고살자고 한 일'이라고 표현하기도 한다. 그러고 보면 울면서 밥 먹는 장면은, 슬픔이 치밀어 올라오지만 한편으로는 그래도 꿋꿋이 살기 위해 해야 하는 일을 하는 주인공의 처지를 상징하는 것일 수도 있다. 그래서 밥 먹다 우는 장면은 슬픈 것이다.

어떤 게 정확한 분석인지는 모르겠다. 중요한 것은 자

신이 보기에 그럴 듯한 법칙으로 보인다면 소재로 활용하기에 충분하다는 점이다. 밥 먹다가 우는 장면이 정말로 일상생활을 무너뜨리는 슬픔을 잘 표현하기 때문에 슬픈 것인지 아닌지는 확실히 알 수 없다. 하지만 내가 그렇다고 느꼈다면 일상생활이 무너지도록 엄습해 오는 슬픔은 특히 슬퍼 보인다는 법칙을 활용할 수 있다. 꼭 밥 먹다가 우는 장면이 아니라도 그 법칙을 활용한 장면을 만들 수 있다. 예를 들어, 잠을 자다 말고 갑자기 슬픔이 몰려와서 베개를 적시며 눈물을 흘리는 장면을 쓸 수 있을 것이다.

이런 식으로 내가 본 소설이나 영화에서 어떤 점이 재미있었는지, 어떤 점이 감동적이었는지 파헤치다 보면 자기만의 재미 법칙이나 감동 원리가 하나둘씩 생길 것이다. 파헤치면 파헤칠수록 법칙과 원리는 더 추상화되고 일반화될 것이다. 이런 내용들을 어느 정도 모아놓는다면 소재가 필요할 때 법칙과 원리를 이리저리 조합해가면서 새로운 생각을 떠올릴 수 있다.

좋게 본 다른 글의 소재뿐만 아니라 구성과 짜임새를 유심히 살펴보고 모방해도 좋다. 어떤 대목은 어느 정도 분량으로 서술하는지, 어떤 사건은 어느 정도로 세세하게 그리는지, 중요한 내용과 덜 중요한 내용은 어느 정도 길이에 차이를 두는지, 순서는 어떤 식으로 배치하는지 살펴보는 것이다. 그러면서 '그래, 이렇게 구성하니까 더 읽기 좋구나', '이런 정도 분량으로 배치해놓으니까 더 재미나구나' 하는 지점을 찾아내면 된다. 소설이라면 인물을 어떻게 묘사하고 어떻게 등장시켰다가 퇴장시키는 것이 내 마음에 드는지, 영화 감상문이라면 줄거리에 대한 묘사는 어느 대목에서 어떻게 풀어나가고 영화의 주제와 영상의 아름다움을 어떻게 엮어서 어떤 순서로 어느 비중으로 다뤄야 좋아 보이는지를 관찰할 수 있을 것이다.

법칙과 원리를 찾아나가는 작업을 계속 더 깊이, 더 학술적으로 들어가야 하는 것은 아니다. 그렇게 한다고 정말로 내 분석이 항상 맞는 것도 아니고, 쉽사리 심오한 이야기의 원리와 서사의 정곡을 찾아낼 수 있는 것도 아니다. 조금 고민해보고 적당히 정리하는 선에서 멈춘다고 해도, 소재를 찾아내는 밭으로 쓰기에는 충분하다. 그것조차 어렵다면 처음으로 돌아가서 그냥 '이런저런 장면이 참 재미있었다'고 짧게 한 줄 남겨두는 것도 나쁠 것 없다.

살인 현장을 무심히 목격하는
모기의 시점이 되어본다

다른 이야기에서 좋은 점을 배우는 방법 외에 또 한 가지 소재를 찾는 쉬운 방법은 어디선가 읽은 사건이나 상황을 두고 '나라면 어떻게 할지' 상상해보는 것이다. 이 방법을 이용하면 실제로 보거나 겪은 일, 혹은 주위에서 들은 기구한 사연을 내 이야기의 소재로 끌어올 수 있다.

가장 흔한 방법은 이런 것이다. 깊은 산속에 들어간 어떤 사람이 멧돼지를 만나서 겨우겨우 도망쳤다는 기사를 보았다고 해보자. 이때 내가 만약 산에서 멧돼지를 만난다면 어떻게 할지 상상해본다. 나는 달리기를 잘하지 못하니까 애초에 도망친다는 생각은 포기할 것이다. 대신에 이럴 줄 알았으면 평소에 운동 좀 열심히 할 걸 하는 후회는 그 와중에도 막심히 할 듯하다. 내가 들고 있는 과자를 반대 방향으로 멀리 던지고 멧돼지가 그걸 먹으러 간 틈에 도망친다는 계획을 세울 수도 있다. 그렇다면 내가 산속에 가지고 갈 법한 과자는 무엇일까, 몇 개나 가지고 있을까, 멧돼지가 순순히 내 꾀에 속아줄까, 하는 식으로 계속해서 상상해나가면 된다. 산에서 갑자기 만난 멧돼지에서 이어질 만한 진귀한 사연은 뭐가 있을지, 어떻게 하면 여기에서 아무도 상상하지 못할 이상하고 특이한 이야기로 이어질지 궁리하면 된다.

이처럼 실화를 옮길 때 가장 중요한 것은 남이 겪은 일을 내 이야기로 옮기는 작업이 도덕적으로 옳은지 살펴보는 것이다. 그 사건을 겪은 사람은 억울한 일의 희생자일 수도 있고, 그 사건 때문에 깊은 고통에 시달릴 수도 있다. 그 사람의 희생과 고통을 내가 재밋거리로 활용하는 일이 옳은지, 흥미를 끌고 내 글을 완성하는 데 써도 되는지, 내가 그걸 이용해서 원고료를 받고 이득을 얻어도 문제는 없는지 고민해봐야 한다.

이런 문제는 스스로 깊게 돌아보고 고민하는 수밖에 없다. 대체로 가까이에서 벌어진 일보다는 먼 외국에서 벌어진 일이 부담이 적고, 최근에 벌어진 사건보다는 몇백 년 전의 일이 부담이 적다고 생각할 수 있다. 강력 범죄보다는 피해가 적었던 일을 다루는 것이 더 낫다고도 한다. 하지만 그런

지침이나 안내 같은 것을 따른다고 해서 무조건 도덕적 비난을 피할 수 있는 것도 아니다. 정말로 내가 이런 실화를 소재로 사용해도 되는지, 이런 일을 이야기로 만드는 것이 옳은지 매번 조심스럽게 따져보는 수밖에 없다.

한편으로 내가 직접 겪은 일을 소재로 쓸 때는 그렇게 해서 좋은 이야기가 될 수 있을지 냉정하게 돌아봐야 한다. 내가 내 일에 관해 쓸 때는 객관적인 입장을 유지하기가 쉽지 않다. 구질구질한 변명이나 넋두리나 늘어놓는 글이 될 가능성도 높고, 사건 속의 선행과 악행, 선인과 악인 구도도 더 재미있는 방향으로 마음껏 나아가지 못할 가능성이 높다. 예를 들어, 이야기가 펼쳐지는 꼴을 보면 애초에 도박에 손을 댄 주인공이 가장 한심하고 나쁜 놈으로 흘러가야 이치에 맞는 이야기가 될 텐데, 그 주인공이 사실 나라면 은연중에 자꾸 주인공은 사실 순박하고 성실한 사람이고 주변에 주인공을 꼬여내는 인물인, 사채업자나 바람잡이가 나쁜 사람이라는 쪽으로 기울어지기 십상이다.

그렇기 때문에 소재의 한 결은 직접 본 일에서 가져오되, 바꿔치기 수법을 어느 정도 활용해서 사건이나 배경은 실제와는 다른 것으로 고쳐 쓰는 것도 방법이다. 예를 들어 회사에서 권위적인 팀장과 멍청한 선배, 사내 정치에만 신경쓰는 얍삽한 후배로 구성된 어느 한심한 팀을 보았다고 치

자. 그러면 이 팀 안에서 벌어지는 잡다한 사연을 21세기의 사무직 노동자들 사이에 벌어지는 일이 아니라 전쟁터의 병사들 사이에서 벌어지는 일로 옮겨서 펼쳐놓을 수 있다. 답답해빠진 팀원들이 그 성격 그대로 병사가 되어 전쟁터에 내던져진다면 어떤 일이 생길까, 하는 상상으로 이야기를 펼쳐보는 것이다.

또는 사연 속의 핵심 인물이 아니라 주변 인물을 주인공으로 삼거나 내 입장에 가까운 인물이 아니라 다른 사람의 시점에서 이야기를 풀어가면서 색다른 시각을 잡아보는 방법도 있다. 이 방법으로 이야기는 조금 더 객관적으로 바뀔 수 있고, 좀 더 흥미를 끄는 시각을 잡아챌 수도 있다.

연쇄살인범의 입장에서 살인하는 상황을 묘사하는 이야기를 또 쓰자는 것이 아니다. 그런 이야기는 이미 너무나 지겨울 정도로 많이 나와 있다. 색다른 시각으로 이야기를 쓰려면 색다른 시각이라고 광고하는 다른 영화나 소설의 시각을 따라 하는 것이 아니라 정말로 색다른 시각이어야 한다. 나는 살인사건 현장을 무심히 목격하는 모기의 시점에서 사건을 서술하는 생각을 한 적이 있다. 살인범이 철저하게 핏자국을 지워서 증거를 없앴지만 그 피를 마신 모기를 없애지는 못했고, 나중에 경찰이 수사할 때 그 모기가 잡히는 바람에 모기 배 속의 피가 증거가 된다는 이야기를 떠올렸다.

실제로 있었던 사건이나 직접 겪거나 본 일 외에, 다른 영화나 책에서 본 내용에 '나라면 이렇게 할 텐데' 방법을 쓸 수도 있다. 다른 이야기를 읽다 보면 '여기서 왜 이렇게 하지, 나라면 이렇게 할 텐데'라는 말이 절로 튀어나오는 대목이 있기 마련이다. '나라면 이렇게 할 텐데'라는 상상에서 재미난 이야기가 꾸려진다면 그것을 내 것으로 쓰면 된다.

영화 〈아마겟돈〉에는 별의별 고생 끝에 반드시 폭파해야 하는 소행성에 핵폭탄을 장치하는 데 성공하는 장면이 나온다. 이후 이어지는 결말을 공개하자면 이렇다. 이때 하필 핵폭탄을 터뜨릴 리모컨이 고장 난다. 어쩔 수 없이 주인공은 자청해서 수동으로 핵폭탄을 터뜨리고 자신을 희생한다. 이게 영화의 끝이다. 이 장면에서 나라면 어떻게 할까 생각해보자. 마지막 순간까지 맥가이버 같은 방법을 이용해서 어떻게든 리모컨을 고치거나 리모컨 대용으로 사용할 수 있는 뭔가를 찾으려고 하지 않을까 싶다. 그리고 그렇게 궁리한 이야기가 제법 재미있어 보인다면 〈아마겟돈〉 아류작 대신에 처음부터 핵폭탄은 다 장치했는데 어처구니없게도 리모컨이 고장 나는 상황에서 출발해 별별 궁리를 하며 리모컨 대용품을 만들어보려는 이야기를 쓰면 된다.

이때 정말로 '나'라면 어떻게 할지에 매달릴 필요는 없다. 가장 좋은 선택, 나 자신이 진짜 할 선택에 끝까지 매달릴 필요 없이 더 재미있는 이야기, 내가 더 보여주고 싶은 이야기가 생각나면 그 방향으로 가면 된다. 내가 아니라 잘 아는 사람, 존경하는 위인 혹은 한심하다고 생각하는 얼간이가 할 만한 선택도 상상해본다. 그게 더 재미있다면 그 방향으로 밀고 나간다.

예를 들어, 나 자신을 희생하는 대신 제비뽑기를 했는데 핵폭탄을 터뜨리기로 정해진 사람이 배신하고 도망치려고 해서 붙잡으러 간다는 설정은 어떤가. 혹은 그를 붙잡아서 핵폭탄 옆에 묶어놓는다든가 하는 식으로 이야기를 꾸밀 수도 있다. 이때 줄에 묶인 사람이 '나 안 풀어주면 이대로 폭탄 안 터뜨리고 그냥 의미 없이 죽겠다'라고 말한다면 어떻게 해야 하나. 이 못 믿을 사람은 풀어주고 남은 사람들끼리 다시 제비뽑기를 해야 하나?

다른 이야기를 가져와서 '나라면 이렇게 했을 텐데' 방법을 쓸 때 유의할 점은 원래 이야기 속 인물이 그 선택을 한 것에 대해서도 충분히 고민해봐야 한다는 것이다. 왜 원래 이야기 속 주인공은 내 생각과 다르게 행동했을까? 그 사람은 자기 나름대로의 이유와 성격이 있어서 그런 선택을 했을 것이고, 그럴 수밖에 없는 상황이 있었을지도 모른다. 그저 '나라면 이렇게 했을 텐데, 그 사람은 참 멍청하군' 하고 넘어간다면 상황을 잘 이해했다고 할 수 없고, 그러면 그 상황에서 이야깃거리를 충분히 살릴 수 없다. 다른 사람의 상황과 감정을 이해하려는 노력 속에서 이야깃거리는 더 풍부해지고, 갈등을 더 와닿는 모습으로 피워낼 수 있다.

"가장 친한 친구와 부모님이 동시에 물에 빠졌다면 누구를 건지고 싶은가요?"

초등학교 교실에서 이런 질문을 하면 아이들은 자신만의 기발한 발상으로 둘 다 살릴 수 있는 묘책을 뽐내고 싶어 외친다. "아빠는 수영을 잘하니까 아빠에게 친구를 구해달라고 해요"라든가, "얼른 친구를 구하고 친구의 옷을 벗겨 밧줄처럼 활용해서 아빠를 구해요"라든가, "물을 다 마셔버려서 둘 다 살려요"라든가, 별별 대답은 끝이 없다. 둘 중 하나만 살릴 수 있는 딜레마 자체에 대한 논쟁은 진행될 기미가 보이지 않는다. 가장 절박한 상황에서 내가 좀 더 소중하다고 생각하는 사람이 부모인지 친구인지 고민해보라는 것이 요점인데, 요점을 파악하지 못하는 것이다. 내가 이야기 소재를 얻기 위해 상상한 '나라면 이렇게 했을 텐데'가 이런 모습은 아닌지 돌아봐야 한다. 물론 초등학생이 떠올린 묘책 중에 정말 재미난 소재가 될 만한 것이 있다면 그걸 따라가선 안 될 이유는 없다.

내 경우에 이 방식을 좀 더 폭넓게 활용하면 소설뿐만

아니라 다른 글을 쓸 때에도 내용을 채워나가기 편리할 때가 많았다. 예를 들어, 일기나 수필 같은 것을 쓸 때에 '나라면 이렇게 했을 텐데' 방식을 쓰면 쉬운 말로 글을 길게 이어나가면서 그 속에서 내 성격, 사고방식, 사상을 잘 담아낼 수 있다.

일기를 써야 하는데 쓸 것이 없다면 오늘 있었던 일 중에서 그나마 기억에 남는 장면을 하나 떠올려보고, 거기에 '나라면 이렇게 했을 텐데' 상상을 연결하는 것이 가장 쉬운 방법이다. 예를 들어, 오늘 출근길에 교통 체증이 너무 심해서 괴롭고 고생한 기억이 있다면 '내가 시장이라면, 내가 국토교통부 장관이라면 이렇게 이렇게 해서 교통 체증을 해소할 텐데' 하는 생각을 써보는 것이다. '이렇게 이렇게 하면 간단히 싹 해결될 텐데 왜 답답하게 저러고 있는지 모르겠다'는 식의 결론으로 이어질 수도 있고, '이렇게 하자니 이게 걱정, 저렇게 하자니 저게 걱정, 정말 여러 가지로 고민해봐도 나도 방법을 모르겠다'는 결론으로 이어질 수도 있다. 어느 쪽이건 그때 내가 중요하게 생각했던 문제, 내 가치관, 내 생각의 방향을 잘 잡아내면서도 그것을 생생한 사건 속에 담아 펼쳐 보이기에 좋다.

그게 아니라면 상상 속에서 문제를 일으키거나 문제를 없애보는 방법도 있다. 예를 들어, 아침 출근길에 갑자기 권

총 강도가 내 차를 훔치려고 한다면 나는 어떻게 할 것인가, 어떤 느낌이 들고 어떤 생각이 들 것인가, 하는 상상을 해볼 수 있다. 아니면 반대로 어느 날 자가용 헬리콥터 회사의 행사에 당첨되어 무료로 제공되는 헬리콥터를 타고 출퇴근하는 내 모습을 상상해볼 수도 있다. 헬리콥터는 안전한 느낌일까? 단축된 출근 시간 때문에 생긴 여유 시간에 뭘 할까? 회사 동료들이 헬리콥터에서 내리는 나를 보고 뭐라고 할까? 이런 내용에 대해서 쓰다 보면 내가 출근길, 회사, 아침 시간에 대해 어떻게 느끼고 있고, 어떤 생각을 갖고 있는지를 추출할 수 있다. 그렇게 추출한 것을 강남역 상공을 날아가는 헬리콥터나 권총을 들고 내 차 유리창을 깨는 강도 같은 선명한 모습으로 담아 글로 펼쳐낼 수 있을 것이다.

심지어 공식적인 보고서 같은 것을 쓸 때에도, 종종 '나라면 이렇게 했을 텐데'를 생각해서 내용에 반영해보는 것은 내용에 개성과 핵심을 넣는 데 도움이 된다고 믿는다. 회사에서 벌어진 일에 대한 보고서를 쓰면서 '내가 사장이라면 이런 문제를 해결하기 위해 이렇게 할 텐데'라는 생각을 해보며 떠오르는 생각을 보고서에 담는 것이다. 혹은 '내가 당장 이 일을 결정해야 하는 결정권자라면 이 보고서를 보고 이런 걸 더 생각해보고 결정할 텐데'라는 상상을 해보고 그 내용을 구성이나 결론에 반영하는 것도 해볼 만하다. 이렇게

하면 보고서의 내용이 더 알차고 초점이 흩어지지 않으면서
도 내용 속에 어울려 남는다.

　　다만 세상을 살다 보면 보고서를 만드는 목적이 무언가
를 실제로 보고하는 것이 아닌 때도 있다. 그냥 보고서를 만
드는 것이 '해야 할 일'에 들어 있기 때문에 그저 보고서를
만드는 때도 가끔은 있다. 이렇게 보고서를 위한 보고서를
만드는 것이 오늘의 일이라면 깊은 생각과 자유로운 상상보
다는 텅 빈 마음과 얇은 영혼이 더 유용하기 마련이다.

신발 끈을 묶다가 문득 떠오른 이야기

어떤 작가는 좋아하는 노래를 들으며 그 노래가 불러일으키는 감상에서 소재를 얻는다고 한다. 나는 노래보다는 가사가 없는 음악이 소재를 떠올리기에 좋다고 생각한다. 가사가 있는 노래는 너무 구체적인 이야기가 담긴 경우가 많고, 특히 가사가 좋은 노래는 구체적으로 어떤 단어와 문장으로 사연과 감정을 표현해야 하는지 노래를 들으며 각인되는 수가 있다. 그러면 자꾸만 거기에 휘둘리게 되고, 나 스스로 떠올리는 새롭고 다채로운 이야기, 재미난 표현이 나오기 어려울 수 있다.

가사가 없는 음악을 들으며 그 음악이 불러일으키는 감정이 무엇인지, 어떤 생각을 하고 무엇을 상상하게 하는지

되새기며 소재를 떠올리는 편이 훨씬 다양한 가능성을 갖고 있는 듯하다. 자신이 없다면 '이런 음악은 어떤 영화 장면에 어울릴까', '어떤 연속극 장면에 이런 음악이 깔릴까' 상상해보는 것도 쉽게 시도해볼 수 있는 방법이다. 그렇게 하면 그 음악에 어울리는 등장인물의 얼굴, 표정, 목소리, 말투, 옷차림까지 한 번에 떠올리는 수도 있다. 그런 식으로 하나둘 이야기의 꼴을 만들어나가는 것이다. 이런 방법이 성공했다면 실제로 이야기를 쓰는 동안에도 가끔씩 그 음악을 들으며 작업하는 것도 즐거운 일이다.

나의 경우에는 음악을 듣는 것보다 그림을 보는 것이 이야기를 이끌어내는 데 더 효과적이다. 그림이 어떤 사연을 담았는지 상상해보는 것이다. 르네상스 시대 이후 유럽 그림 중에는 성경이나 고대 신화를 그린 것이 많다. 그 분야에 특별한 지식이 없다면 그림만 보고 구체적으로 누구의 무슨 사건을 그린 것인지 다 알기는 어렵다. 그런데 오히려 제목이나 그림이 나타내는 이야기를 정확히 알지 못하면서 그림을 보는 것이 소재를 캐내기에는 더 좋은 것 같다.

목동 파리스에게 세 여신이 황금 사과를 달라고 하는 신화를 그린 그림을 본다고 해보자. 만약 그 이야기를 모른다면 그림에서 보이는 것은 한 목동 소년과 아름답고 성숙한 여자 세 명 그리고 목동이 들고 있는 이상한 과일 하나다. 이게 무슨 상황을 나타낸 그림일까. 사과가 어떤 범죄의 증거고 세 여자는 범죄의 공모자이기 때문에 소년에게 증거를 넘기라고 위협하는 상황이라고 상상해볼 수 있다. 혹은 소년은 세 여자의 시종으로 세 여자가 주변에서 재미난 것을 구해오라고 하자 나무 열매를 하나 따 와서 익살을 부리고 있는 것일 수도 있다. 그림에 나와 있는 사람의 표정과 느낌, 정황과 배경 묘사를 보면서 상상을 계속 다듬어보자.

마커스 스톤(Marcus Stone)이 그린 〈사랑하며(In Love)〉라는 그림을 본 기억이 난다. 처음 그 그림을 보았을 때 제목은 몰랐다. 그림 속에는 탁자가 놓인 나무 그늘 아래 남녀가 앉아 있다. 왼쪽에는 모자를 쓴 남자가 여자를 보고 있고, 오른쪽에는 여자가 남자에게서 시선을 돌려 자신의 손을 보고 있다. 어떤 상황일까. 남자는 여자를 사랑해서 어떻게 고백할까 고민하고 있는데, 여자는 무시하려고 하는 모습일 수도 있다. 어쩌면 조금 더 섬세한 상황일 수도 있다. 사실은 여자도 남자를 어느 정도 좋아하고 남자도 그것을 약간 느꼈는데, 어떻게 확인할 수 있을지 고민하는 장면일지도 모른다. 어찌 보면 여자는 화가 난 것 같기도 하다. 아니면 남자가 화가 난 모습인가? 두 사람은 어떻게 만났을까? 어떤 취미와 직업을 갖고 있는 사람들일까? 그런 상상을 하는 사이에 안타까운 마음으로 사랑의 줄다리기를 하고 있는 남녀에 대한 이야기나 사랑에 실패하고 3년간 실의에 빠질 불쌍한 청년의 이야기는 점점 더 구체화될 것이다.

무슨 내용인지 상상을 많이 했던 그림 중 하나로 프레더릭 레이턴 경(Lord Frederick Leighton)의 〈시몬과 이피게니아(Cymon and Iphigenia)〉도 기억에 남아 있다. 이 그림은 어느 숲속을 보여주는데, 중앙에 흰 옷을 입은 여자가 달콤한 꿈을 꾸는 것처럼 누워 있고, 주변에 검은 옷을 입은 눈 감은 여자 둘이 보인다. 그리고 여자의 발치에 붉은 옷을 입은 남자가 어쩐지 불길하게 서 있다. 해가 막 지려고 하는지 뜨려고 하는지 지평선에 걸려 있는데, 그 때문에 그림은 온통 붉은빛이다. 이게 무슨 상황일까. 여자와 저녁에 만나기로 한 남자가 있는데, 여자가 늘어지게 잠을 자고 있었다는 사실을 그다음 날 알게 되어 화가 난 건가. 아니면 평화롭게 자고 있는 여자를 몰래 공격하기 위해 남자가 다가온 건가. 애초에 이 사람들은 왜 숲속에서 자고 있는 것일까? 그게 아니라면 정신을 잃은 것일까? 그렇다면 왜 정신을 잃었을까?

미술관을 걷다가 흥미를 끄는 그림, 무슨 내용인지 궁금한 그림을 발견하면 멈추어 서서 상상해본다. 그림 제목을 보고 인터넷에 검색해본다면 쉽게 정답을 알아낼 수도 있다. 그렇지만 글을 쓸 소재를 얻기 위해서는 정답을 모르는 편이 도리어 낫다. 어떻게 하면 그림에 나온 상황이 될 수 있을지,

얼토당토않은 일이라도 마음껏 상상하면 된다. 두 사람이 같이 그림을 본다면 이런저런 상상을 서로 나누며 그게 말이 되는지 안 되는지 토론하며 놀 수도 있다. 황량한 들판에 쓰러져가는 집 한 채만 있는 풍경화라 할지라도, 저런 집에는 누가 살 것 같으며, 저런 마을에는 무슨 사건이 벌어질 것 같은지 상상해본다면 소재를 찾는 데 도움이 될 수 있다.

비슷한 방법으로 다른 소설의 제목이나 시의 제목, 시구를 보고 이야기를 생각해볼 수도 있다.

나는 어릴 때 『황야의 이리』가 황야에서 배고픈 이리가 온갖 고생을 하며 겨우겨우 먹이를 찾아 처절하게 생존해나간다는 이야기일 것 같다고 생각했다. 『바람과 함께 사라지다』는 아무도 비법을 상상할 수 없는 신비한 순간 이동 마술사의 사연을 다뤘을 것이라고 생각했다. 그런 이야기를 마음껏 상상해보고 소재로 삼는 것도 좋은 방법이라고 생각한다. "4월은 잔인한 달"이라는 데, 무슨 이유로 4월이 그렇게 잔인해진 것인지, "모가지가 길어 슬픈 짐승"이 있다는데, 왜 목이 길다고 슬퍼지는지 친구와 함께 서점을 걷다가 장난삼아 나만의 이야기를 상상해보아도 나쁘지 않다.

여러 가지 방법을 설명하면서 꼭 곁들여야 하는 중요한 주의사항이 하나 있다. 이런 방법을 통해 괜찮은 소재를 떠올린다면 바로 메모해두라는 것이다. 꼭 메모해두자. 이것은 매우 중요하기 때문에 문단의 모양을 흩뜨리더라도 한 번 더 이야기하고 싶다.

소재가 생각나면 메모해두자.

지금 급히 글을 써야 하는데 아무것도 생각나지 않는 상황이라고 해보자. 글감 찾기의 막다른 골목에 몰린 것이다. 이럴 때 마지막으로 써볼 만한 방법은 이것저것 종이 위에 닥치는 대로 생각나는 것을 써보는 것이다. 좋거나 나쁘거나 무작정 최대한 많이 써본다.

가득 써놓고 그중에 그나마 봐줄 만한 것을 추려내고 비슷한 것끼리 분류하다 보면 제법 괜찮은 생각이 떠오를지도 모른다. 이런 방법은 자기소개서나 제안서 같은 것을 쓸 때도 마찬가지다. 나를 설명할 수 있는 말은 뭐가 있는지 닥치는 대로 써보고, 내 인생의 사연이나 사건들도 이것저것 막 써놓은 뒤에 다시 한 번 전체를 살펴보면서 비슷한 것끼리 적당히 묶고, 연결될 수 있는 것들끼리 엮어서 나를 소개할 이야기를 짜낸다.

당장 닥쳐서 아무거나 늘어놓는 것이 아니라 평소에 미리 소재를 이것저것 생각해놓으면 질을 훨씬 끌어올릴 수 있다. 이야기를 쓸 때도 미리 써둔 소재를 뒤적거리며 괜찮은 것을 뽑으면 결과는 훨씬 더 상쾌하기 마련이다. 하다못해 나는 지금 이 글도 평소 이리저리 메모해둔 '소재 떠올리는 방법'을 보면서 쓰고 있다.

잠깐 머릿속을 스친 소재는 매우 쉽게 기억에서 사라지곤 한다. 신발 끈을 묶기 시작할 때 언뜻 생각난 괜찮은 소재가 신발 끈을 다 묶고 나니 감쪽같이 사라져서 너무나 안타까웠던 적이 있다. 오전 내내 도대체 내가 그때 생각해낸 게 뭐였는지 떠올려보려고 했지만 도저히 다시 생각해낼 수 없었다. 지금도 그게 뭐였는지 모른다. 가끔은 그런 일을 겪은 뒤에 겨우겨우 그걸 다시 떠올렸지만 다시 기억해내려고 안간힘을 쓴 것에 비해 별로 좋은 소재가 아니었다는 것을 알고 무척 허무해하기도 했다.

그렇기 때문에 떠오른 소재는 반드시 어딘가에 메모해두어야 한다. 생각보다 소재에 대한 생각은 아주 쉽게 잊힌다. 다른 사람이 쓴 재미난 소설이나 기발한 영화를 보고 '어, 나도 저런 거 한번 써보겠다는 아이디어 갖고 있었는데'라고 생각한 적이 혹시 있는지 모르겠다. 그런데 많은 경우, 설령 그런 소재를 떠올렸다고 해도 아마 곧 잊고 살았을 것이다. 그러면 그 소재는 '갖고 있었던 것'이 아니라 잠깐 갖고 있었다가 날린 것이나 다름없다. 만약 그 소재를 메모해두었다면 하다못해 메모한 것을 옆 사람에게 보여주면서 "봐라, 내가 정말 저 생각 먼저 했지?" 하고 싱거운 자랑이라도 할 수 있지 않겠나.

취업하려고 맨날 원서만 쓰고 있는데, 평소 나보다 못하다고 생각한 친구가 좋은 직장을 갖게 되면 누구라도 질투가 나고 부아가 치밀기 마련이다. 만약 그런 경험이 전혀 없다면 이미 득도하신 분이니, 뭐 딱히 다음 문장은 읽으실 필요가 없습니다. 바로 그렇게 시기심에 휩싸였을 때 왜 내가 그 사람보다 낫고, 그 사람은 좋은 직장을 차지했는데 나는 그렇지 못한 것이 왜 부조리한지 메모해두자. 나중에 자기소개서를 쓸 때 그때 썩은 마음으로 써놓았던 메모를 참고하면 남과 비교해 내가 나은 점을 좀 더 힘 있고 선명하게 쓸 수 있다. 자기소개서를 쓸 의욕도 더 키울 수 있을지 모른다.

그러니, 소재가 생각나면 메모해두자.

메모 방법은 여러 가지 방식으로 응용해볼 수 있다. 예를 들어, 내가 신문이나 잡지 칼럼의 소재를 찾을 때 자주 사용하는 방법으로 '메모해두고 묵히기'가 있다. 이 방법은 SNS를 쓸 때 사용하면 편리하다.

'메모해두고 묵히기' 방법은 인터넷 사이트를 돌아다니

거나 SNS를 보다가 나도 뭔가 한마디 더 하고 싶어 확 솟구치는 순간에 쓰는 것이다. 어젯밤 텔레비전에 나온 연예인이 뭔가 한마디를 했는데 그게 모두가 비난할 만한 일이라서 온갖 웹사이트마다 그에 대한 욕이 쏟아지고 있다고 해보자. 혹은 어떤 비리 사건이 터졌는데 너무 야비하게 돈을 털어먹은 것 같아서 부아가 치밀어 다들 참신한 욕하기 경쟁을 하는 날, 아니면 어떤 제도나 사업의 실시를 앞두고 찬반이 갈려 치열하게 논쟁하는 때를 떠올려보자.

그럴 때가 되면 나도 뭔가 한마디 하고 싶기 마련이다. 욱해서 나도 뭐라고 말하고 싶을 때도 있고, 다들 답답한 소리만 하고 있는 것 같아 내가 좀 똘똘한 말을 해주고 싶은 마음이 치밀어 오를 때도 있다. 내가 조금은 잘 아는 분야인 것 같아 '무슨 무슨 출신으로서 한마디 하자면', '무슨 무슨 경험자 입장에서 한마디 하자면', '무슨 무슨 관점에서 말하자면'이라고 시작하는 글을 쓰고 싶을 때도 있다. 바로 이럴 때, 하고 싶은 말을 그대로 써서 올리지 말고 지금 내가 너무나 하고 싶은 말의 요지만 간단히 써놓은 채 아무 데도 올리지 않는다. 묵히는 것이다. 나만 볼 수 있는 비밀글 기능이 있는 SNS라면 비밀글로 하고 싶은 말을 써두어도 좋다.

그러고 나서 그 사건에 대한 열기가 가라앉았을 때, 사람들이 그 일에 대해 다 잊었을 즈음에, 글을 쓰긴 써야 하는

데 뭘 쓰면 좋을지 모를 때, 묵혀놓은 것을 찾아본다. 시간이 조금 흐르고 분위기가 진정된 뒤에 살펴보면 의외로 내가 잘못 생각했던 점이나 미처 고려하지 못한 점이 보이는 경우가 허다하다. 사람들의 관심은 없어졌지만 시간이 흐르는 사이에 다른 진실이 드러나는 경우도 있다. 그런 내용을 다시 반영하고 손질해서 좀 차분하게 글을 꾸려볼 수 있다.

이렇게 쓴 글은 대체로 금방 눈에 뜨이지 않는 문제를 포착하는 방향으로 나가는 수가 많다. 그때 욕하고 싶었던 연예인 한 명이나 정말 싫었던 그 사건 하나에 대한 글이 아니라 진지하게 삶과 세상을 돌아보는 글로 나아갈 수 있다. 한편 그것이 정말 중요한 문제였다면 시간이 조금 지난 후에 그대로 꺼내도 여전히 가치 있는 글이 될 것이다.

다들 욕하는데 나도 한마디 끼어들고 싶다거나 다들 너무 엉뚱한 소리만 하는 것 같아서 '그건 아니지'라고 따지고 외치고 싶을 때 한번 참아본다. 그것이 비법이다. 대신 메모를 해서 묵혀둔다. 그렇게 묵혀서 익힌 뒤에 뭘 써야 할지 모를 때, 쓸 게 없을 때, 묵은 것들을 돌아본다. 오래간만에 돌아보는데도 여전히 다뤄볼 가치가 있다는 생각이 들고, 그때 생각했던 것과 조금 달라진 관점까지 덧붙일 수 있겠다는 생각이 든다면 좋은 맛으로 잘 익은 소재라고 볼 수 있다.

일상을 상상세계로 만들 것

일부러 되도록 대중교통을 이용한다는 어느 작가의 말을 어디에선가 읽은 적이 있다. 길에서 마주치는 사람들의 행색과 표정, 잠깐 잠깐 들리는 대화 속에서 신기한 사람, 특이한 사람, 이야깃거리가 되는 사람을 찾는다는 것이다. 그게 아니라도 더 생생하고 사실적인 인물을 느낄 기회라고 했다. 그렇다고 길거리에서 낯선 사람을 빤히 쳐다보며 소설을 구상하라는 것은 아니다. 그것은 무례한 일일뿐더러 이야기의 소재를 얻기보다는 첫인상을 보고 사람을 제멋대로 판단하는 편견을 심어줄 뿐이다. 그보다는 잠깐 스쳐 지나간 사람의 짧은 인상을 기억하며 이야기를 상상하는 것이 더 낫다고 믿는다.

이와 비슷하게 직장생활에서 느낀 어처구니없는 사연이나 신기한 사실, 믿을 수 없을 정도로 짜증스러운 상사 등을 소재로 삼기도 한다는 이야기를 들은 적이 있다. 지자체 사업 때문에 산골에 새로 통조림 공장을 지었는데 고라니가 자꾸 울타리를 넘어와서 통조림 공장 직원들이 돌아가며 지키고 있었다는 이야기. 어떤 공공기관의 기관장은 외국에서 손님이 왔을 때 영어를 못하는 자기 모습이 부끄러워 화장실에 숨어 있곤 한다는 이야기 따위는 과연 소재가 될 법하다.

하기야 작가가 주인공으로 나오는 이야기나 평범한 학교를 배경으로 하는 이야기보다는 직장생활의 구체적인 사연이 들어가 있는 편이 소재의 색깔이 눈에 더 잘 뜨인다. 같은 부부싸움 이야기라면 쓸쓸하고 고독하지만 냉소적인 작가가 주인공인 이야기보다는, 고층 빌딩 창문 닦는 사람의 이야기나 가스총 만드는 공장에서 일하는 직원의 이야기가 더 재미있게 짓기 쉽다고 생각한다. 꼭 멋진 직업, 특별한 직장이어야만 좋은 소재가 되는 것은 아니다. 어느 직장이건 나름의 사연과 독특한 점이 있다.

끝으로 무엇을 쓸까, 어떤 이야기를 쓸까, 떠올리면서 과연 내가 원래 쓰고 싶었던 이야기가 무엇이었는지 잊지 말아야 한다는 점을 꼭 짚고 넘어가고 싶다.

소설을 쓰기로 했다면, 작가가 되려고 한다면 분명히

쓰고 싶은 이야기가 있을 것이다. 단순하게는 내가 아주 좋아한 유명한 소설이 있는데 그런 것을 더 읽고 싶고 비슷한 소설을 나도 쓰고 싶다는 마음일 수도 있다. 소설로 내가 관심을 가진 사회 문제를 드러내고 싶다든가, 세상 사람들이 무시하거나 잘 모르고 넘어가는 일을 밝히고 싶다는 생각이 있을 수도 있다. 혹은 내가 좋아하는 아름다운 표현이 부드럽게 이어지는, 도취될 만한 생각의 끝없는 파도를 만들고 거기서 파도타기를 하고 싶다는 마음일 수도 있다. 한마디로 설명할 수 없는 아주 복잡하고 오묘한 감정을 전달하는 글을 쓰는 것이 목적일 수도 있다.

무엇이 되었건 내가 글을 쓰려고 결심했을 때 정말 쓰고 싶었던 이야기, 언젠가 한번 쓰고 싶다 생각했던 이야기, 그런 것을 쓰는 데 초점을 맞춰야 한다.

의외로 이 초점은 흐려지기가 쉽다. 인기 있는 소설이나 공모전에 당선될 것 같은 소설을 쓰려고 하다 보면 어느새 내가 쓰고 싶었던 것과는 다른 소설을 억지로 쓰고 있는 경우가 흔하다. 글쓰기를 가르쳐주는 누군가의 충고나 다른 사람의 비평을 따르다가 원래 쓰고 싶지 않았던 글을 쓰게 되기도 한다. 원고를 부탁해온 잡지사나 신문사에서 바라는 글에 맞춰줘야 하는 경우도 많고, 편집자가 강한 의견을 갖고 있어서 어떻게든 거기에 맞추다 보면 내가 지금 뭘 쓰고 있는지 모르게 되는 경우도 있다. 다들 좋다고 할 만한 글, 누가 봐도 감탄할 만한 글, 그런 글을 꿈꾸다가 점점 지치게 되는 경우도 적지 않다.

그럴 때 내가 처음 쓰고 싶었던 글, 지금도 쓰고 싶은 글이 무엇인지 계속 떠올리면서 다시 그곳으로 돌아가자. 그 되새김은 좌절의 늪 속에서도 빛을 발하는 희망의 꽃과 같다.

물론 그래도 어느 정도는 타협을 해서 지금 당장 써야 하는 글에 맞추기는 해야 할 것이다. 그렇지만 왜 글을 쓰는지, 글을 좀 잘 쓴다는 게 도대체 삶과 세상에 무슨 도움이 되는지, 내 글을 세상 누가 알아봐주는지, 이 글을 쓴다고 무슨 큰 영화를 볼지…… 그저 답답하기만 하고 좋은 소재는 영원히 떠오르지 않을 것 같은 때, 내가 정말 쓰고 싶은 것으로 돌아가는 것은 항상 좋은 지침이 될 것이다.

어떻게든
상상해보기

- 망한 영화, 망한 연속극, 망한 소설에서 그나마 참신한 점을 찾아 보자.
- 좋아하는 다른 이야기의 시대, 배경, 상황, 분위기, 사건을 바꿔 치기해보자.
- 다른 이야기의 멋진 장면을 뽑아놓자.
- 다른 이야기의 멋진 장면이 왜 멋지게 느껴지는지 고민해보자.
- 들은 이야기, 읽은 이야기에서 나라면 어떻게 할지 상상해보자.
- 음악을 들으면서 어울리는 장면을 떠올려보자.
- 그림을 보면서 그림이 표현하고자 하는 사연을 상상해보자.
- 다른 글의 제목, 시구를 보고 거기에 어울리는 이야기를 꾸며보자.

소재가 생각나면 바로 메모하자.

- 뭐든 생각나는 것을 다 종이에 써두고, 비슷한 것끼리 분류하며 궁리해보자.
- 나도 한마디 하고 싶은 것이 있을 때, 흥분해서 바로 써서 공개 하지 말고 메모만 해두었다가 며칠, 몇 달 묵혔다 활용해보자.
- 길거리나 대중교통 속에서 스쳐 지나가는 사람, 각각의 삶에 대 해 상상해보자.
- 특정한 직장생활의 어처구니없는 경험을 소재로 활용하자.
- 내가 정말로 쓰고 싶은 이야기가 어떤 것이었는지 상기하자.

2. 경험과 변주

재미있게 이야기를 꾸리는 법

글에 반한다는 것

재미있는 글을 쓰기 위해서 오늘도 사람들은 첫 장면에서 흥미를 끌고자 노력하고 있다. 대뜸 "이 책에 적혀 있는 대로 하면 당신도 갑부가 될 수 있다. 거짓말이 아니다. 장난이 아니다. 진짜다. 못 믿겠는가? 내가 이렇게 부자다"라면서 시작하는 자기계발서나 경제서는 대단히 많이 나와 있다. 책 제목에 대놓고 "갑부 되는 법"이라고 하는 책만 이런 구성을 갖고 있는 것도 아니다. "테레사 수녀님도 놀라는 기적의 주식투자법"이나 "성공하는 사람의 걸음걸이에 담긴 비밀" 같은 제목을 가진 책도 사실 비슷한 구성인 경우가 많다.

이런 책들을 보면 앞부분 절반 정도를 할애해서 자기가 소개하는 부자 되는 법이 얼마나 놀라운지, 얼마나 획기적인지, 그리고 얼마나 많은 사람의 인생이 마법처럼 바뀌었는지 소개하며 뜸을 들이곤 한다. '그래서 도대체 갑부가 되는 방법이 뭔데, 도대체 뭘 어떻게 해야 한다는 건데'라는 생각으로 조바심을 내면서 책장을 넘기다 보면, 부자라고 다 행복한 것이 아니라거나 돈을 막상 많이 벌게 되면 이제 그 돈을 지키는 방법에 대해서도 고민해야 한다는, 당장은 알고 싶지 않은 이야기가 또 펼쳐진다. 갑부 되는 법을 깨닫기 전의 저자 자신이 얼마나 가난하고 괴롭게 살았는지 돌아보며 동정과 공감을 얻으려고 하는 이야기도 자주 보인다. "이제부터 알려줄 방법은 아는 것보다 실천이 중요하다"는 이야기도 빠지지 않고 페이지를 잡아먹는다.

그 모든 잡다한 이야기를 꿋꿋이 참아내고 마침내 책의 마지막 페이지까지 다 읽고 보면, 책에 나와 있는 갑부가 되는 법이란 대체로 성실하게 일하면서 꾸준히 저축하고 사치스럽게 살지 말며 빚을 함부로 내지 말되, 그렇지만 정말 좋은 부동산이나 투자 기회가 보이면 과감하게 투자하라는 너무도 당연하고 뻔한 내용일 때가 많다.

나는 중학생 시절에 이런 부류의 '부자 되는 법' 책에 무척 관심이 많았다. 학교 도서관 관리를 맡았던 나는 신청도서 목록에 적당히 그럴듯한 교양경제서의 제목을 가진 부자되는 법 책을 끼워 넣었다. 그런 책들은 한두 달이 지나면 어김없이 학교 도서관 서가로 배달되어 내 손아귀에 들어왔다. 지금 돌아보면 부자 되는 법에 대한 책은 담당 선생님 역시 읽고 싶을 법했기에 더 쉽게 승인을 받았던 것 같다.

그런 책만 골라 읽어서인지 모르겠으나, 다수의 책은 읽고 나면 실망스러운 것들이었다. 하기야 모를 일이다. 중학생 때라서 그랬는지. 당시 나는 마음속에 항상 새겨야 할 '부자가 되기 위한 열 가지 원칙' 같은 게 있을 거라고 믿었다. 종이쪽지에 적어서 갖고 다니며 그대로 하려고 애쓰면 나중에, 그러니까 지금의 내 나이쯤 되면 대단한 갑부가 될 수 있는 방법이 세상에 있을 거라는 환상이 있었다.

그러나 그 환상에 걸맞은 책을 나는 찾지 못했다. 지금 나는 갑부가 되지 못했고, 출판사에서 보내준 계약금 값을 하기 위해 점심시간을 쪼개어 개미처럼 열심히 자판을 두드리고 있다. 지금 다시 그 책들을 보면 귀중한 말이 있었는데 내가 허투루 보고 지나갔는지도 모르겠다. 돈을 벌기를 원한다면 작가가 되는 것은 잠깐 다시 생각해보라든가.

환상을 충족해주지 않는데도 그런 책들을 재미있게 읽었던 것은 다들 시작을 재밌게 썼기 때문이다. 당신도 부자가 될 수 있다고 솔깃한 말을 갖다 들이밀고, 뒤이어서 이 비법은 정말 까무러칠 정도로 놀라운 것이라고 부풀려대니 그 다음 이야기가 궁금해서 책장을 넘기게 되었다.

신문이나 잡지에 실리는 칼럼이나 SNS에 실리는 글도 눈길을 끌고 재미있는 시작을 위해 노력하는 일이 점점 더 많아진다. 아무래도 흘깃 보고 마는 경우가 많은 인터넷 웹사이트에서 더 눈에 뜨이고 싶어서 그러는 것 같다.

그중에서도 요즘 내 눈에 가장 많이 보이는 방법은 시작하면서 어마어마하게 강한 말을 냅다 던지는 것이다. 그래놓고 본론으로 들어가면서 스스로 말이 좀 심했다고 자백하는 방식이다.

예를 들면, "한국 사회의 문제를 해결하는 방법은 청와대를 폭파하는 것이다"라고 시작해놓고 서너 문장쯤 지나서 "오해 마시라. 정말로 대통령을 향해서 테러를 하자는 이야기는 아니다. 그것이 아니라 권위적인 모양의 청와대 건물 모양이 민주국가에 부적절하며, 모든 정부 건물의 건축 구조를 시민을 위한 모양으로 설계하는 것이 중요하다는 이야기다"라는 식으로 자기 말을 꺾으며 넘어간다. 이런 수법을 쓰는 요즘 유행을 보면 본론으로 넘어가기 전에 겸손하게 "제가 너무 거창하게 시작해서 잘못했습니다"라고 사죄하는 대신에 자극적인 시작 부분에 이끌린 독자에게 "너희가 잘못 이해한 거다"고 되레 뒤집어씌우는 식이 더 많은 것 같다. 일단 무시무시한 말을 하나 던지고 "오해를 막기 위해 첨언하자면" 또는 "오해 마시라" 하면서 정말 하고 싶은 이야기로 매만져간다.

이제 이런 글은 너무 흔해서 지루해질 지경이다. 하지만 그래도 적지 않은 사람들이 이런 방법에라도 매달려 어떻게든 이목을 끄는 서두를 쓰기 위해 노력하고 있다. 그렇게 해야 눈에 뜨이고 재미있을 뿐 아니라 이어지는 이야기를 같이 끌고 들어가서 사람들의 마음에 깊이 남을 거라고 믿기 때문이다.

소설을 쓰는 작가들 역시 대체로 시작 장면에서 흥미를 끌기 위해 갖은 애를 쓰는 사람들이라고 할 수 있다.

한동안 소설에서 사람들이 많이 써온 방법은 사람의 죽음을 소재로 쓰는 것이라고 느꼈다. 중요한 사람이 죽었다거나 죽을 것 같다는 이야기는 많은 소설의 첫 부분에 등장한다. 일상적이지 않고 자극적인 소재로 독자의 눈길을 끌기 위해 많은 작가들은 시작 장면에서 죽음을 던지곤 한다. 결말을 자극적이고 거창하게 꾸미기 위해 주인공이나 주인공이 중요하게 여기는 사람이 죽는 결말을 쓰는 경우는 더욱더 많다. 장중한 장면을 위해 죽음을 소재로 활용하는 전통은 사실 서양 서사문학의 원형으로 언급되는 고대 그리스 비극부터 시작되었으니 정말 케케묵은 방법이라고 할 수 있다.

이렇게 죽음을 소재로 쓰는 것이 오래된 방법이다 보

니, 더 선정적이고 끔찍한 죽음을 소재로 쓰는 방식이 갈수록 더 유행하는 것 같다는 느낌을 받는다. 예를 들면, 많은 작가가 죽음 중에서도 스스로 목숨을 끊는 장면을 넣어 독자에게 충격을 주려고 하는 것처럼 말이다.

자극적인 범죄소설이나 공포소설만 죽음을 소재로 남용하고 있는 것은 아니다. 사회 문제를 조명하려는 소설이나 인생의 의미를 돌아보는 소설에서도 죽음을 흥미로운 이야깃거리로 써먹는 사례는 흔하다.

어떤 사회 문제가 얼마나 심각한지 알려주기 위해 그 때문에 사람이 얼마나 비참하게 죽었는지 생생하게 풀어놓는 방식을 쓰고, 인생의 의미와 무의미를 논하기 위해 전혀 죽음이 어울리지 않을 것 같은 사람이 대뜸 죽는 사건을 만들어 충격적인 장면을 던져 넣는 이야기도 대단히 많다. 심지어 그냥 적당히 풀어나가도 될 이야기에도 누가 하나쯤은 죽어야만 이야기가 심각해지고 진지해진다고 믿는 경우도 있는 것 같다. 실제로 처절하게 죽는 장면이건 무심하고 비정하게 죽는 장면이건, 죽음 하나 정도는 들어가야지 자기 이야기에 무게가 실린다고 생각하는 듯한 사람들을 본 적도 있다.

죽음에 견줄 만큼 소설에서 흥미를 끄는 시작으로 자주 활용되는 소재로는 바람난 이야기를 들 수 있다. 사랑 이야기는 언제나 좋은 소재지만 작가들이 시작 장면에서 흥미를 끌기 위해 가장 흔하게 쓰는 것은 역시 바람난 이야기다.

쓸쓸한 삶을 살고 있는 주인공의 공허한 느낌을 살리기 위해, 반대로 풍족한 삶을 살고 있는 주인공의 위선을 드러내기 위해 바람난 이야기를 넣기도 한다. 두 사람의 미묘한 관계를 표현하기 위해, 혹은 거침없는 격정을 표현하기 위해 바람난 이야기를 넣기도 한다. 현실에서 벗어난 환상적인 일탈을 그리기 위해, 혹은 비정하고 불합리한 현실을 드러내기 위해 바람난 이야기를 넣기도 한다.

인기를 노린 통속소설만 그런 것도 아니다. 현대 한국 문학의 대작으로 평가받는 대하소설이라 할지라도 등장인물 중에 누가 누구와 바람났는지에 대해서만 차근차근 정리해봐도 전화번호부처럼 길어질 때가 있다.

지난여름에 나는 평소 뛰어난 소설을 쓴다고 생각한 어느 작가의 단편집을 발견하고 두 편을 뽑아 읽었다. 역시나 잘 쓴 소설이었지만 무슨 법률을 준수하는 것처럼 두 편 모두 죽음과 바람난 이야기를 꼬박꼬박 소재로 활용하고 있었다.

죽음과 바람난 이야기로 소설의 흥미로운 시작을 때우는 방식은 지나치게 많이 쓰이는 느낌이다. 죽음과 바람난 이야기가 정말로 그렇게 소설에서 자주 다뤄져야 할 만큼 중요한 소재인가? 그렇지는 않다고 생각한다. 나쁜 소재라거나 그런 소재를 다루면 안 된다는 뜻은 아니다. 다만 내가 느끼기에 요즘 소설 속에 비참한 죽음이나 끈끈한 바람난 이야기가 좀 과할 정도로 자주 보인다는 말이다. 나는 사람의 죽음에 대한 이야기를 다룰 때는 '소설을 흥미 있게 시작한다'라는 것보다는 조금 더 신실한 태도를 갖는 게 옳지 않느냐는 고민을 갖고 있다. 한편으로 바람난 이야기가 너무 많은 것 때문에 사랑 이야기의 다른 국면에서 빚어지는 긴장과 갈등, 미련과 갈구가 너무 덜 다뤄지고 있다는 생각도 한다.

그런데도 여전히 적지 않은 작가들이 죽음과 바람난 이야기에 매달리고 있다. 그런 이야기를 쓰고 싶어 하는 사람이 많기 때문에, 혹은 그런 이야기를 듣고 싶어 하는 사람이 많기 때문에 그런지도 모르겠다. 그러나 그저 흥미를 끄는 강렬한 시작 장면을 위해 다른 마땅한 방법을 떠올리지 못해서 이런 방법을 쓰는 경우도 적지 않아 보인다.

이렇게까지 흥미로운 시작 장면에 매달리는 이유는 첫 부분에서 사람을 사로잡는 것이 중요하다고 믿기 때문이다. 첫 부분에서 흥미를 끌어야 독자가 이야기에 관심을 갖게 할 수 있고, 독자가 관심을 갖게 해야 이야기를 더 펼쳐 보일 수 있다.

이야기 속 세상을 살펴보고 싶은 마음, 더 나올 사연을 궁금해하는 마음을 끌어내야 독자는 이야기 속의 사연을 더 생생하게 상상하고 묘사된 감정에 더 깊게 공감하게 된다. 그렇게 하면 독자는 이야기의 다른 재밋거리들을 살펴보게 되고 이야기 속에 담긴 다양한 문제를 더 고민하게 된다. 그리고 더 나아가 심사위원은 조금 덜 지루하게 내 글을 끝까지 읽고, 신인작가의 책을 들춘 독자의 눈에 뜨여 책을 팔거나 조회 수를 높일 수도 있다.

이런 이유 때문에 세상에는 별다른 재미가 없는 흐릿하고 뻔한 구조로 흘러가는 이야기면서도 끔찍하거나 자극적인 죽음, 바람난 이야기라도 끼워 넣어 조금이라도 재미를 주려고 하는 글이 많아지지 않았나 짐작해본다. 결국 좋은 글을 쓰는 사람이건 아니건 간에 적어도 초반의 흥미로 사람의 관심을 끌어야 한다는 것은 다들 알고 있기 때문에 이야기 속에는 죽는 사람과 바람난 사람과 그 둘을 동시에 겪는 사람이 이렇게 많아진 것 아닐까?

평범한 소설보다 더 순수한 문학, 더 예술적인 글이라고 해도 초반에 모든 것을 거는 도박은 결코 드물지 않다. 내가 보기에는 시인들 역시 인상적인 시작 장면에 모든 것을 거는 도박꾼인 경우가 많다. 많은 시의 첫 부분이 가장 재미있는 이유가 그 때문이라고 생각한다.

T. S. 엘리어트의 〈황무지〉는 434행으로 되어 있다. 짧은 시가 아니니 이 시를 처음부터 끝까지 읽어본 사람도 그렇게 많지는 않을 것이다. 그렇지만 다들 첫 행인 "4월은 잔인한 달"은 알고 있다. 나는 이것이 엘리어트가 첫 행에 많은 판돈을 건 결과라고 생각한다.

김소월 시인은 〈진달래꽃〉에서 "아름 따다"라든가 "영변에 약산" 같은, 실제 진달래를 보고 싶다면 관심이 갈 만한 단어를 첫 줄에 배치하지 않았다. 대신에 "나 보기가 역겨워 가실 때에는"이라는 말로 출발하면서 "역겹다"는 가장 강한 단어를 맨 앞줄에 던진다. 이육사 시인의 〈청포도〉는 "내 고장 칠월은 청포도가 익어가는 계절"로 담백하게 전체를 한 줄로 요약하는 정도지만 〈절정〉에서는 "매운 계절의 채찍에 갈겨"라는 말로 휘갈기듯이 시작한다. 서정주 시인의 시는 내가 특별히 좋아하지는 않지만 그래도 대뜸 "애비는 종이었다"로 출발해놓고 중반쯤에 다시 "나를 키운 건 팔할이 바람이다"로 멋을 부리는 솜씨가 사람들의 눈길을 붙잡을 만하다는 데는 동의한다.

그러니 역시, 무슨 글이건 흥미롭게 시작해서 우선 사람들을 끌어들이는 방법은 재미있는 글을 쓰는 기술 중에 오랜 세월 내려온, 가장 널리 쓰이는 방식이 아닌가 싶다.

워드프로세서에
가장 쓰고 싶은 것부터 입력하기

빨려 드는 초반을 쓰기 위해 쓸 만한 방법들 중에서도 내가 가장 좋아하는 것이 있다. 이 방법은 내가 실제로 무척 자주 써먹고 있는 것이다. 좋은 소설을 쓰는 최고의 비법이라고 하기에는 무리가 있을지 몰라도 나는 꽤 짭짤한 효과를 경험했다. 그래서 '소설 쓰는 비법'을 알려달라고 하면 내 마음속에 가장 먼저 떠오르는 것이 바로 이 방법이다.

사실 나는 누가 소설 쓰기에 대해 조언을 구해오면 자신 있게 답하지 못하는 편이다. 그러면서도 굳이 뭐라도 하나 이야기해야 한다면 들려주는 것이 바로 지금부터 이야기할 방법이다.

이 방법은 간단하다. 가장 쓰고 싶은 장면부터 쓰는 것이다. 가장 좋은 장면, 재밌을 것 같은 장면, 제일 재미있는 절정이 될 것 같은 장면, 이 이야기를 쓰면서 제일 신날 것 같은 장면을 그 무엇보다 먼저 쓰는 것이다. 제일 재미있는 장면일 거라고 내가 마음에 두고 있는 장면을 먼저 들이밀면 일단 시작이 재미있어질 가능성이 크다. 어떻게 보면 당연하다. 내가 가장 재미있다고 생각하는 것부터 시작했기 때문에 시작이 가장 재미있어진다.

물론 문제는 있다. 대뜸 가장 결정적인 장면부터 시작하면 독자가 상황을 이해하기 어려울 수가 있다. 도입부에서 배경을 알려주고 등장인물을 보여준 뒤에, 독자가 등장인물을 어느 정도 이해하고 친숙해져서 등장인물의 감정을 공감할 수 있을 때쯤 가장 재미난 결정적인 장면을 터뜨려야 하지 않을까? 그래야 더 재미있어지지 않을까? 그렇게 해야 이 장면이 왜 재미난 상황인지 알아먹을 수 있지 않을까?

그런 이유 때문에 이 방법은 한 세대 전만 해도 쉽게 써먹기 어려웠다. 재미있는 장면부터 바로 써내리고 싶어도 한계가 있었다. 그렇지만 지금 우리에게는 그 한계를 끝낼 수 있는 도구가 있다. 바로 컴퓨터와 워드프로세서다.

워드프로세서와 컴퓨터가 있기 때문에 일단 제일 재미있는 장면을 써놓고 앞에 다른 이야기가 필요하다는 생각이 들면 그 대목을 앞에 끼워 넣을 수 있다. 그러면 된다. 다시 끼워 넣어도 아무런 흔적도 남지 않는다. 펄럭거리는 원고지 사이에 복잡하게 수정을 위한 기호를 까맣게 쓰거나, 수백 장을 뒤적이며 페이지를 맞추려 헤맬 필요가 없다. 그냥 화면 위에서 깜빡거리는 좁다란 까만 네모를 움직여서 글을 더 끼워 넣고 싶은 데에 옮기고, 더 써넣어야 할 내용을 나중에 더 써넣으면 끝이다. 워드프로세서가 있기 때문에 우리는 제일 재미난 장면부터 먼저 쓴다는 이 화끈한 수법을 현실에서 부드럽게 활용할 수 있다.

이는 20세기 중반까지만 해도 대부분의 작가들에게 그저 꿈같은 일이었고, 그랬기 때문에 이 수법을 쓰는 사람도 그 가치를 탐구하는 사람도 적었다고 생각한다. 그렇지만 지금 우리는 할 수 있다. 정비석이나 나혜석은 상상하기도 어려웠을 이 꿈같은 방법을 우리는 얼마든지 쓸 수 있다.

최고의 육상 선수가 온 힘을 다해 트랙을 질주하는 장면을 클라이맥스로 하는 이야기를 생각하고 있다면 바로 그 장면부터 쓴다. 얼마나 숨이 찬지, 내 팔다리의 날쌘 움직임이 어떻게 느껴지는지, 관중들의 소리나 옆 사람이 뛰는 것이 어떻게 느껴지는지, 긴 시간 이 순간을 위해 고생하며 연습했던 것이 생각나는지 아니면 아무것도 떠오르지 않는지, 조금씩 뛰는 동안 내가 혹시 지고 있는 것은 아닌지 불안감은 피어오르지 않는지. 그런 것들을 맨 처음부터 써나간다. 내가 생각하는 내 이야기의 핵심이자 내가 가장 힘을 불어넣을 수 있는 장면부터 먼저 써버리는 것이다.

글을 쓰기 전에 배경이 어떤 곳인지, 그곳에 어떤 뒷이야기가 있고 어떤 사정이 있는지 상세하게 미리 짜두고 글쓰기를 시작하려는 사람도 있다. 사전에 배경을 상세히 그려내면서 백과사전이나 매뉴얼 같이 그 배경에 대한 정보를 차곡차곡 써넣는 일은 종종 방대한 작업이 되기도 한다. 그러다가 배경을 짜는 작업 자체에 묘한 재미를 느끼는 경우도 있다. 내가 만들어내는 배경이 어떤 대단한 틀을 갖춘 진지한 터전이 되는 것 같은 기분도 즐겁거니와 그런 배경에서 벌어지는 사건과 사연들을 어렴풋이 상상하면, 온갖 이야기가 솟아날 것 같은 기분도 든다.

그러나 배경에 대한 내용만 너무 자세히 짜다 보면 그만 진이 빠져서 정작 본론은 제대로 쓰지도 못하게 될 수도 있다. 게다가 배경을 짜면서 재미있어 보이는 것과 막상 이야기를 펼쳐나갈 때 적합한 것은 다를 때가 많다. 배경을 짜면서 어렴풋이 떠올렸을 때는 신기하고 재미있고 독창적인 이야기가 쏟아질 것 같았는데 막상 글을 써보면 이야기가 답답하게 갇혀버리는 예는 적지 않다. 그러므로 배경을 완벽할 정도로 촘촘하고 세세하게 짜놓고 그 위에서 이야기를 차곡

차곡 쌓아나간다는 방식은 피곤하고 어려워지기 쉽다고 생각한다. 그렇게 하지 말라기보다는, 내 경우에는 그런 방법에 너무 과하게 매달리니 글쓰기가 괴로워졌다는 말이다.

그래서 나는 더욱더 제일 쓰고 싶은 것부터 먼저 쓰는 방법을 좋아한다. 배경을 짜나가는 것 자체는 나쁘지 않다. 좋은 일이고 필요한 일이며 그것이 중요하다고도 생각한다. 다만 배경만 짜면서 시간을 보내지는 말아야 한다.

대신에 배경을 짜다가 이런 배경에서는 이런 사건이 벌어지면 재미있겠다 싶으면, 그 이야기를 일단 써버린다. 100개의 산봉우리로 둘러싸인 험난한 고원에서 벌어지는 이야기를 쓰기 위해 배경을 짜고 있는데, 12번 봉우리 바로 아래에 허물어져가는 오두막이 있고, 산악인들 사이에는 그 오두막 안으로 들어가면 안 된다는 것이 절대 불문율이라는 배경을 짰다고 하자. 그것이 참 재미난 이야기 같다면 13번, 14번, 15번 봉우리에 대한 내용을 더 짜기 전에 일단 우연히 12번 봉우리의 오두막에 들어가게 된 사람의 이야기부터 먼저 쓴다.

다른 부류의 이야기도 마찬가지로 제일 짜릿할 것 같은 대목부터 써버린다. 10년 전에 나를 괴롭혔던 같은 반 아이에게 보란 듯이 복수하는 이야기라면 출세한 모습으로 동창회에 가서 그를 만난 바로 그 순간을 제일 먼저 쓴다. 동물원에서 탈출한 호랑이 이야기라면 호랑이가 먹을 것을 찾아다니다가 어느 아파트 단지 2층 베란다로 뛰어올라가 빨래를 널고 있던 남자에게 뛰어드는 그 순간부터 쓴다. 비행접시에서 내려온 외계인이 지구인을 향해 첫마디를 말하는 대목, 기사가 용을 찾아와서 결전을 벌이는 대목, 바로 그 부분부터 쓴다.

소설을 쓰거나 읽다 보면 '다음 대목부터 점점 더 재밌어질 텐데 여기는 좀 지루하네' 싶은 부분이 있기 마련이다. 그런 부분을 꾹 참고 버티면서 이제 조금만 버티면 재밌어진다, 재밌어지겠지, 그러고 있지 말고 일단 다 뛰어넘는 것이다. 안 될 것은 없다. 우리에게는 워드프로세서가 있다. 일단은 지루한 내용은 다 잊으면 된다. 나중에 워드프로세서로 끼워 넣으면 되니까. 대신 지금은 정말 재미있는 부분, 정말 하고 싶은 이야기, 본격적인 본론, 내 이야기의 가장 중요한 순간부터 시작한다.

내가 이 방법을 특히 좋아하는 이유는 두 가지 큰 장점이 있기 때문이다.

우선 첫 번째 장점은 이 방법을 쓰면 글 쓰는 사람 입장에서 의욕적으로 쓰기가 쉽다는 것이다. 본격적으로 재미난 부분을 시작하기도 전에 지루한 부분을 쓰다가 작가가 먼저 지쳐버리면 글을 제대로 완성하지 못하고 흐지부지될 위험이 있다. 그게 아니라고 해도 단순히 쓰는 것 자체가 귀찮아질 수도 있다. 처음에는 신선한 소재라고 생각했는데 계속 그 소재에 대해 생각하다 보면 점점 진부한 느낌에 휩싸일 수도 있다. 나중에는 체력이 부족해질 수도 있고, 혹시 병이 나서 드러누울 수도 있다. 그 외에도 글을 쓰기 싫은 온갖 이유가 비무장지대의 지뢰처럼 빽빽하게 작가의 걸음걸음마다 숨어 있다. 그럴 때 일단 글 쓰는 사람 스스로가 글 쓰는 것이 즐겁고 신나고 보람을 느낄 수 있는 이야기부터 출발하는 것은 큰 도움이 된다.

일단 시작이 좋아야 완성된 글도 좋을 것 같다는 상상 속에서 글을 계속 써나갈 수 있다. 지루한 장면을 억지로 쓰며 울면서 키보드를 두드리고 있으면 설령 좋은 결말을 갖고 있다고 해도 자꾸만 의심이 생길 것이다. 막상 써보니 별로 대단찮은 이야기일 것 같다. 이번 이야기도 분명히 사람들이 별로 안 보겠지. 이번에도 다 못 쓰고 미완성으로 끝날 거야. 가장 쓰고 싶은 장면부터 쓰면 일단 시작은 그런 의심에서 벗어날 수 있다.

가장 쓰고 싶은 대목부터 먼저 쓰는 방법의 두 번째 장점은 그렇게 하면 활기차고 생각이 신선할 때 제일 중요한 장면을 쓸 수 있다는 것이다.

제일 쓰고 싶은 장면은 대체로 제일 중요한 장면이거나 적어도 무척 아끼는 장면일 것이다. 그렇다면 그 장면을 잘 써야 하고, 그 장면이 멋져야 하고, 그 장면의 비중이 커야 한다. 그런데 그 대목이 절정 장면이라고 해서 나중으로 미뤄두면 그 대목을 쓸 즈음에는 글 쓰는 사람이 힘이 빠져 있을 수가 있다. 그래서 그토록 중요한 장면을 대충 쓰게 될지도 모른다. 처음 그 대목을 쓸 때 왜 그렇게 좋은지, 왜 그게 멋진지 마음속에 갖고 있던 느낌도 시간이 흐르는 사이에 잊힐 수 있다. 처음 글로 쓰면 정말 멋지겠다는 생각을 떠올렸을 때의 흥분과 열기가 시간이 지나면 사그라진다.

그러다 보면 긴 시간 글을 쓰다가 마침내 제일 쓰고 싶었던 장면을 쓸 때가 왔는데, 원래 상상했던 것에 비해 형편없는 것을 쓰게 될지도 모른다. 가장 쓰고 싶었던 장면을 쓰고 있는데, 처음의 구상은 다 사라지고 어찌 됐건 어서 글을 끝내자는 생각만 가득 차서 대충대충 엉성하게 때워나갈 수도 있다. 마감이 닥쳐오고 시간이 없다면 심지어 당장 결말을 내기 위해 처음 상상했던 멋진 절정 장면을 생략하는 불상사를 겪을 수도 있다.

반면 가장 쓰고 싶은 장면부터 쓰면 넉넉한 시간을 활용해서 그 장면에 가장 많은 공을 들일 수 있다. 그리고 나중에 다른 이야기를 써나가다가 다시 가장 쓰고 싶은 장면으로 되돌아가서 그 부분을 다듬고 더 좋게 고칠 기회도 넉넉하다. 그러면 가장 중요한 장면이 가장 많은 시간을 거치며 가장 여러 번 돌보는 대목이 된다. 그렇게 해서 중요한 장면에 비중을 더 많이 할애하고 중요한 장면을 더 잘 쓸 수 있게 된다.

소설이 아니라 다른 글을 쓸 때에도 마찬가지다. 자기소개서를 쓴다면 어떤 부모에게서 태어나 어떻게 학교를 다니며 자랐는지 차례대로 장황하게 쓰기 전에, 왜 내가 이 직장에 적합한 사람인지 핵심부터 쓰는 것이다. 어떤 직업을 가진 부모의 몇 남 몇 녀 중 몇째로 태어났다는 장황한 이야기 대신에 '지난 5년간 이태원의 옷 가게에서 외국인을 상대로 하루에 네 시간씩 일했기 때문에 무역 회사의 해외영업일도 잘 배울 자신이 있다'는 말부터 시작한다. 만약 구인처에서 정해놓은 자기소개서 형식상 앞부분에 어린 시절 가정교육에 대해 반드시 쓰게 되어 있다면 그 대목은 중요한 내용부터 먼저 다 써넣고 나중에 써서 끼워 넣으면 된다.

일기를 쓸 때도 오늘 아침에 몇 시에 일어나서 아침으로 뭘 먹었다는 이야기부터 시작하기보다는 저녁때 만난 친구와 왜 싸웠는지부터 쓴다. 지리산 등산기를 쓴다면 출발 전에 얼마나 설렜는지, 지리산까지 가는 길에 어떤 버스를 탔는지 하는 내용은 차차 쓰고 반달곰과 마주쳤을 때의 공포와 반달곰을 쫓아내기 위해 휴대폰으로 소녀시대의 〈다시 만난 세계〉를 크게 틀어놓고 온 힘을 다해 큰 동작으로 춤을 췄다는 사연부터 쓴다.

가장 쓰고 싶은 이야기를 먼저 쓰고 나면 그 앞부분에 끼워 넣어야 하는 이야기는 자연히 간략해진다. 이미 가장 쓰고 싶은 부분을 써버렸는데 그 앞에 벌어지는 일들은 굳이 주절주절 설명하고 싶지 않은 마음이 든다. 지리산에서 만난 반달곰 앞에서 춤을 추는 이야기를 이미 써놓았는데, 버스 기다리며 시간 때운 이야기를 뭘 그렇게 길게 하고 싶겠는가? 그렇게 하면 이야기를 완성한 최종 결과에서도 시작하는 대목이 빠르고 인상적이라는 느낌을 줄 가능성이 높다.

게다가 일단 이야기의 핵심을 먼저 쓰고 보면 이야기를 쓰기 전에 막연히 상상했던 것과 다른 느낌이 들 것이다. 구체적인 글을 눈으로 보고 나면 이야기의 구조를 좀 더 냉철하게 돌아볼 수 있을 것이다. 기가 막힌 것은, 그렇게 돌아보면 생각보다 절정 장면 전에 꼭 늘어놓아야 하는 다른 이야기가 많지 않다는 것을 깨달을 때가 있다는 점이다. 나는 그런 적이 자주 있었다.

다섯 명의 핵심 인재를 채용해, 그 다섯과 아웅다웅하며 힘을 모아 노력한 끝에 마침내 인기 제품을 개발해서 백만장자가 된 창업자의 이야기를 한다고 하자. 그러면 글을 쓰기 전에는 창업자가 다섯 명을 하나하나 만나는 이야기를 하고, 서로 다투는 이야기나 화해하는 이야기도 한 뒤에야 인기 제품의 아이디어를 얻는 이야기를 할 수 있을 것 같다.

그런데 막상 인기 제품의 아이디어를 얻는 절정 장면부터 먼저 써보면, 그 앞의 긴 이야기는 대부분 없어도 괜찮아 보인다. 다섯 인재는 그냥 어찌어찌 모였다는 것으로 출발해도 별 상관이 없고, 서로 다투고 화해한 이야기 역시 두세 줄로 요약해도 충분한 느낌이다. 이야기를 길게 늘어놓을 필요 없이 네 번째 인재를 영입하던 때 고생한 이야기와 직원 하나가 실수로 사무실에 불을 냈던 이야기만 언급하고 바로 인기 제품 아이디어로 넘어가도 부드럽다는 것이 눈에 들어온다. 이런 식으로 가장 쓰고 싶은 이야기에 내용이 더 집중되고, 더 경쾌하게 넘어가도록 꾸밀 수 있다. 그렇게 해서 초반부터 독자가 이야기에 더 잘 빨려 들게 만들 수 있다.

강렬한 첫 장면에 매달리는 작가들

'제일 쓰고 싶은 것부터 쓰기' 방법을 쓸 때 조금 더 과감해 진다면 아예 앞부분을 다 쳐내버리고 가장 짜릿한 절정 대목 부터 들입다 시작하는 방법도 있다.

이 방법을 사용하면 자연히 절정 장면 이전의 이야기보 다는 이후의 이야기를 더 많이 생각해내야 한다. 그렇게 해 야 남은 분량을 채울 수 있을 것이다. 그런데 재미있게도 이 런 상황에서 더 재미있는 이야깃거리들을 떠올리는 수가 많 다. 그리고 그 이야기들은 짜릿한 이야기로 출발해서 이어진 것이기 때문에 더 재미있고 생생하게 느껴지기 마련이다.

많은 사람이 예시로 드는 사례는 옛날 영화 〈현기증〉이 다. 이 영화에서는 중반부에 가장 결정적인 반전이 밝혀지고 정체를 숨기고 있던 인물의 사연을 관객에게 알려준다. 언뜻 생각하면 충격적인 반전을 너무 빨리 펼쳐버려서 그다음 이야기는 심심하고 지루할 것 같다.

　그러나 그렇지 않다. 대신 그렇게 하면서 정체를 숨긴 독특한 상황에서만 가능한 배배 꼬인 진기한 감정을 소재로 다룰 수 있다는 것을 제작진은 알아냈다. 완전히 새로운 소재를 발굴해낸 것이다. 그렇게 해서 원래 살인, 음모, 속임수에 관한 이야기였던 영화는 반전을 알려준 뒤에는 사랑과 집착, 미련, 허상과 같은 이상형을 동경하는 바닥없는 아련한 마음을 다루는 영화가 된다.

　가장 재미있는 부분을 앞쪽으로 확 끌어내면서 뒷이야기를 상상해가는 것은 더 신선한 이야기를 떠올릴 수 있는 기회가 된다. 나는 단편집 『토끼의 아리아』에 실린 「로봇복지법 위반」에서 버려진 로봇에 대한 이야기를 다루었다. 그런데 로봇이 버려지기 전과 버려진 후에 어떻게 신세가 달라지는지 설명하면서 시작하는 대신, 로봇이 이미 버려진 상태에서 이야기를 시작했다. 그리고 버려진 로봇이 겪을 수 있는 일들을 뒤이어서 다루었다. 그러면서 버려진 로봇에 대한 이야기를 좀 더 고민하게 되었다.

　버려지기 전의 생활로 돌아가고 싶어 한다거나 예전 주인을 그리워하는 로봇 이야기를 하는 것이 아니라 쓰레기가 된 로봇들이 어떻게 처리되는지 그 자체에 집중하게 되었다. 생각과 감정을 가진 것처럼 행동하는 로봇들을 무조건 부수고 분해하는 것은 잔인한 느낌이 든다. 그렇다면 버려진 로봇이라도 함부로 부수지 못하게 하는 법령이나 규제 같은 것이 있지 않을까? 그런데 어떤 로봇들을 부수지 못하도록 보호해야 할까? 지금도 공장에서 쓰이고 있는 단순 작업용 로봇 팔은 부수어도 될 것 같다. 어떤 로봇은 부수지 못하게 한다면 구분 기준은 무엇일까? 구분 기준이 있다면 시험이나 검사를 받아서 판정해야 할까? 누가 판정해야 할까? 규제를 위반한다면 처벌은 어떤 것이 있을까? 로봇이 불쌍하다고 보호한다면 계속해서 세상에 버려지는 로봇들을 어떻게 해야 할까? 로봇은 사람보다도 훨씬 오래 살 테니 버려진 로봇을 부수어 없앨 수 없다면 나중에는 거리마다 로봇들이 끝없이 널려 있게 되지 않을까? 그 풍경을 사람들이 좋아할까? 이런 생각을 하며 재미난 이야기를 묶어 새롭게 뒷이야기를 꾸릴 수 있었다.

만약 앞으로 끌어다 쓴 절정 장면 이후 이야깃거리가 충분히 떠오르지 않는다면 일단 앞에다 관심을 끄는 재미난 장면을 뿌려놓고, 이어서 회상 장면으로 앞선 이야기를 설명하는 방법을 쓸 수도 있다.

물론 회상 장면을 활용하는 것은 좋은 이야깃거리를 더

할 수 있는 참신한 방법은 아니다. 하지만 이 방법도 아주 나쁘지는 않다고 생각한다. 해보고 부드럽게 어울린다면 택할 수 있는 방법이다. 나 역시 장편소설 『역적전』에서 먼저 호기심을 끌며 시작했다가 과거로 회상하는 수법을 대놓고 썼고, 단편집 『당신과 꼭 결혼하고 싶습니다』에 실린 「달과 6백만 달러」에서는 그 정도로 대놓고 쓴 것은 아니지만 회상 장면 몇 개를 이야기 중반 이후에 적당히 뿌려서 배치하기도 했다.

다만 회상 장면을 활용하는 방법이 요즘 너무 많이 쓰이고 있다는 점은 문제다. 1940, 1950년대 할리우드 누아르 영화를 보면 터프가이 남자 주인공이 과거를 돌아보면서 진행하는 경우가 대단히 많았다. 〈이중 배상〉, 〈선셋 대로〉, 〈DOA〉, 〈살인 전화〉, 〈과거로부터〉, 〈킬러스〉를 비롯한 하고 많은 영화가 그렇고, 굳이 말하자면 〈카사블랑카〉조차도 회상 장면을 나중에 집어넣는 방식을 꽤 쏠쏠하게 쓰고 있다.

우리나라 TV 사극에서는 첫 회에서는 절정에 어울릴 만한 화려한 전쟁 장면이나 액션 장면을 보여주고, 그러다가 다시 회상 형식으로 주인공들의 어린 시절을 보여주는 방식이 너무나 많이 쓰였다. 많이 쓰이다 못해 한동안은 오히려 그런 수법을 쓰지 않은 예가 드물 지경이었다.

추리소설이나 미스터리를 중요시하는 소설 중에는 한

절은 현재의 이야기를 진행하다가 다른 한 절은 10년 전이나 20년 전의 과거 이야기를 진행하는 식으로, 현재의 이야기와 과거의 이야기를 번갈아가며 쓰는 경우도 요즘 유난히 많이 보인다. 이런 방식도 좀 과하게 다들 따라 하고 있지 않나 싶다. 바람난 이야기나 죽음에 관한 이야기의 충격을 재밋거리로 써먹으려는 소설 중에는 첫 장면에서 누가 죽었다는 이야기를 대뜸 내던진 뒤에 왜 죽었는지, 혹은 어떻게 살다 죽었는지를 되돌아보는 형식의 이야기도 아주아주 많다.

그러니 가장 재미있고 쓰고 싶은 장면부터 먼저 쓴다는 이 방법의 핵심은 완성된 글에서 재미있는 장면이 맨 먼저 나와야 한다는 것이라기보다는 쓰는 과정에서 재미있는 장면을 먼저 쓴다는 것이다.

써놓고 보니 그래도 앞에 어느 정도 이야기가 있어야 되겠다 싶을 때에는 나중에 앞에 이야기를 끼워 넣으면 되고, 좀 진부하긴 해도 뒤에 회상 장면으로 처리하는 게 그래도 어울리겠다 싶으면 뒤에 이야기를 붙여 넣으면 된다. 다행히 재미있는 장면 뒤로 이어지는 이야깃거리를 충분히 많이 떠올렸다면 자연스럽게 이야기를 진행해도 좋다. 어느 쪽이건 우리에게는 컴퓨터와 워드프로세서가 있으니 가장 마음에 드는 모양으로 나중에 다듬으면 된다.

내가 자주 써먹는 형태는 전체 이야기 중에서 제일 재

미있고 쓰고 싶은 대목을 둘 정도 정해서 둘 중 먼저 써지는 것으로 이야기를 시작하는 방식이다. 그리고 나중에 나오는 재미있는 장면을 이어지는 진짜 절정 장면에 배치하는 식으로 이야기를 짜면, 꽤 재미있게 출발하면서 나머지 이야깃거리도 남길 수 있다. 그러니까 가장 재미있는 이야기부터 시작하는 것이 아니라 두 번째로 재미있는 이야기부터 시작하는 변형 방법이라고 할 수 있다.

이야기 속에는 비밀이 있어야 한다

이야기 속으로 사람을 빨아들이는 방법 중에 내가 그 방법을 깨달았던 순간이 똑똑히 기억나는 것이 하나 있다. 그때 정말 좋은 것을 알아냈다며 기뻐했다. 더 재미있는 글을 한결 더 쉽게 쓰는 비법 같은 것을 깨달았다고 믿었다. 이제부터 그것을 소개하려고 한다.

2009년 〈더 리더: 책 읽어주는 남자〉라는 영화가 개봉했다. 케이트 윈슬렛과 랄프 파인즈 주연의 영화인데 제2차 세계대전 직후의 독일을 배경으로 한 남자와 그 남자의 삶 속에 들락날락하는 여자의 사연을 담은 내용이다. 몇 가지 이유 때문에 나는 이 영화를 그리 좋아하는 편은 아니다. 그렇지만 이 영화를 극장에서 본 시간은 대단히 선명하게 내 마음속에 남아 있다. 이 영화를 보던 중에 알게 된 글 쓰는 방법 때문이다.

우연한 계기로 엮인 남자 주인공 마이클과 여자 주인공 한나는 비밀스러운 관계를 지속한다. 마이클은 문학 수업에 배운 책을 가끔 한나에게 읽어주는데, 이 영화에서는 학교에서 공부하는 마이클의 모습과 학교를 마치고 한나를 만나는 모습을 이어가며 보여준다.

자, 그런데 이 장면에서 마이클의 문학 교사가 학생들에게 말하는 목소리가 내레이션으로 깔린다. 이 말이 그렇게 강렬하게 묘사된 것은 아니다. 어떻게 보면 문학 교사는 타성에 젖어 그냥 참고서의 한 구절을 읽은 것인지도 모른다. 그런데 나는 그 한 문장에 그날 본 영화 전체보다도 더 큰 영향을 받았다. 더 큰 정도가 아니라 그날 하루 종일 그 대사 한 줄에 대해 생각했다.

문학 교사가 학생들에게 말한 내용은 다음과 같다.

"비밀이라는 관념은 서양문학의 핵심이라고 할 수 있습니다(The notion of secrecy is central to Western literature)."

그 말은 내 마음속에 확 들어와서 가득 찼다. 짧게 지나가는 이야기였지만 나에게는 그 말이 재미있는 이야기의 핵심을 꿰뚫는 것처럼 느껴졌다.

따지고 보면 영화 속에서도 아주 무의미한 장면은 아니

다. 나는 이 영화의 원작소설을 읽은 적이 있었기 때문에 전체 내용을 알고 있었다. 전체 내용에서 암시하는 바를 따져보면 이 장면의 의미는 좀 더 깊어진다.

이 장면에서 비밀 운운하는 교사의 내레이션은 마이클과 한나의 비밀스러운 관계, 다른 사람에게 숨기고 있는 사연에 반주처럼 깔리는 것이다. 한편으로는 한나가 숨기고 마이클에게 알려주지 않은 비밀이 하나 있다는, 나중에 나올 이야기의 복선이기도 하다. 그리고 두 가지 비밀이 어떻게 충돌하고 풀려나가는지, 바로 그 내용이 영화 전체의 핵심이라는 뜻도 된다. 그러면서 책, 문학이라는 영화의 소재를 돋보이게 한다. 비밀이라는 관념이 서양문학의 핵심이라는 말로 두 사람의 관계를 엮는 매개로서 문학을 조명하고, 문학의 특징과 가치에 무게를 싣기도 한다. 그러니까 이 말은 영화의 특징을 설명하는 중요한 소재가 무엇인지를 지목하는 것이라고도 볼 수 있다.

그렇지만 나에게 이 말은 영화 내용과 관계없이 어떤 이야기를 만드는 데 '비밀'을 얼마나 좋은 도구로 쓸 수 있는지 깨닫게 해주었다. 세상에 운명이 있다거나 지구인의 운명을 지배하는 외계인 같은 것이 있다면 바로 그것이 그때 나를 극장으로 걸어가게 만들고 이 영화를 고르게 해서 마침내 나에게 이야기를 짓는 묘수를 알려준 것인지도 모른다.

영화는 한창 진행 중이었지만 나는 정말 중요한 것을 알게 되었고 이것을 절대 잊으면 안 된다는 생각에 안달이 났다. 극장의 어둠 속에서 가방을 뒤져서 메모용 수첩과 볼펜을 꺼냈다. 보통 메모 수첩에는 작은 글씨로 빽빽하고 단정하게 내용을 채워나가는 편이지만, 그때는 그럴 형편이 아니었다. 옆 사람에게 방해가 되지 않도록 무르팍 위에 수첩을 적당히 올려놓고 아무것도 보이지 않는 가운데 아무 페이지나 펼쳤다. 어둠 속에서 볼펜을 움직여 "이야기 속 인물에게는 비밀이 있어야 한다"라고 수첩에 썼다. 나는 그 수첩을 아직도 갖고 있다.

이야기 속 인물에게는 비밀이 있어야 한다. 그러니까 이야기 속에서 비밀을 만들고 그 비밀을 이야기 속 인물들이 어떻게 감추려고 하는지, 왜 감추려고 하는지, 어떻게 반응하는지, 비밀을 언제 드러내고, 어떻게 드러내고, 비밀이 드러나면 어떻게 반응하는지 등, 비밀에 관한 내용으로 이야기를 꾸민다는 말이다.

비밀 이야기는 비밀이 뭔지 궁금하게 만들어서 호기심을 자아낼 수 있고, 비밀을 숨기려는 사람이나 지키려는 사람의 노력을 보여주면서 아슬아슬한 느낌을 불어넣어 긴장감을 만들 수도 있다. 이야기 속에서 비밀을 사용하면 비밀이 드러나는 장면에서 충격을 주어 사람을 놀라게 할 수 있고, 무언가를 비밀로 만드는 장면에서 답답함이나 아련함을 주어 사람을 쓸쓸하게 만들 수 있다.

이야기에 비밀을 써먹는 가장 손쉬운 방법은 비밀을 이용해서 등장인물의 성격을 표현하는 것이라고 생각한다. 얼마나 생생하고 재미난 인물을 만드는가가 읽고 싶은 이야기를 만드는 데 중요하다는 점은 널리 알려져 있다. 등장인물의 성격을 만들고 보여주는 데 비밀과 엮는 것만큼 편한 방법은 없을 것이다.

우선 인물이 어떤 일을 비밀로 숨기고 있는가, 그 비밀을 잘 지키고 있는가, 하는 점을 인물의 바탕으로 써먹을 수 있다. 어떤 등장인물은 10년 전에 저지른 범죄를 숨기고 있는 것이 비밀일 것이고, 어떤 등장인물은 대단히 부유한 척하지만 사실은 가난하다는 게 비밀일 것이다. 이런 비밀이 아주 거창한 것일 필요는 없다. 어떤 인물은 자신의 고향을 가능하면 숨기고 싶어 할 수도 있고, 어떤 인물은 자신의 취미가 헤비메탈을 듣는 것이라는 사실을 숨기고 싶어 할 수도 있다. 왜 자기 고향을 숨기고 싶어 하는지, 헤비메탈 음악을 듣는 것이 무슨 죄도 아닌데 왜 숨기려고 하는지, 하는 것이 이 인물의 성격을 만들어주고 생생한 과거와 사연을 만들어준다.

과묵한 인물은 주변에 자신의 비밀을 잘 알리지 않을 것이다. 그러면 이 인물의 사소한 일상사들조차 비밀처럼 느껴질지도 모른다. 반대로 수다스러운 인물은 비밀이 적을 것이고, 다른 사람의 비밀을 노출시키는 역할을 할 것이다. 그게 아니라면 겉으로는 수다스러운 인물처럼 보이지만 그 인물이 아무도 모르게 감추고 있는 무슨 비밀이 있다는 식의 이야기로 꾸밀 수도 있다. 다른 사람이 보면 별것도 아닐 비밀을 지키기 위해 너무도 애를 쓰는 인물을 만들 수도 있고, 우연히 알게 된 비밀 때문에 고민하고 갈등하는 인물을 등장시킬 수도 있다.

이렇게 비밀에 얽힌 인물을 등장시키면 그 비밀을 이용해서 인물 간의 갈등으로 이어가거나, 다음 줄거리를 만들어 붙이기도 좋다. 모두 같이 모여 보통 저녁 식사 때 어떤 메뉴를 먹는다는 이야기를 하면서 잡담을 나누는 장면이 나왔다고 하자. 그런데 이 대화 중에 과묵한 인물은 한 마디도 하지 않는다. 다들 자기 저녁 메뉴는 밝혔지만 이 과묵한 인물의 저녁 메뉴는 밝혀지지 않아 비밀이 된다. 한편 이 비밀은 이 인물이 과묵하다는 점을 다시 나타내게 된다.

이제 우리는 이 비밀을 다음 이야깃거리로 활용할 수 있다. 우연히 수다스러운 인물이 길을 걷다가 과묵한 인물이 저녁 식사 때 혼자 아이스크림 가게에서 아이스크림을 먹는 모습을 보게 된다. 과묵한 인물은 아이스크림을 저녁으로 먹는 것 같다는 소문을 수다스러운 인물이 주변에 퍼뜨린다. 이런 소문이 퍼진 것을 알면 과묵한 인물은 화를 낼까? 정말로 과묵한 인물은 저녁으로 아이스크림을 자주 먹는 것일까? 그렇다면 거기에 이유가 있을까?

심지어 이야기 속에서 직접 그 비밀을 써먹지 않더라도 등장인물 모두에게 하나씩 비밀을 간직하게 해두는 것도 괜찮은 방법이라고 생각한다. 줄거리에 활용하지 않는 비밀이라고 하더라도 그 사실을 작가인 나만은 염두에 두고 있다면 좀 더 생동감 있고 자연스러운 인물을 그려내는 데 도움이 된다.

이와 같이 비밀을 엮어 이야기를 꾸려나가는 방법은 다양하다. 여러 인물의 서로 다른 비밀들 중에 어떤 것을 중심으로 잡고, 어떤 것을 밑반찬으로 삼느냐에 따라 더 다채롭게 내용을 꾸릴 수 있을 것이다.

비밀 이야기의 네 가지 종류

이야기 속 비밀의 형태는 크게 네 가지로 분류할 수 있다.

첫 번째는 어떤 비밀을 주인공도 모르고 독자도 모르는 형태다. 이런 이야기의 대표적인 사례는 수수께끼를 찾는 탐험, 모험 이야기나 일반적인 추리소설이다.

주인공은 전설 속에 나오는 동굴 끝까지 들어가면 세상에서 가장 무서운 것이 도사리고 있다는 이야기를 듣는다. 주인공은 동굴이 어디인지 조사해서 찾아내고, 여러 난관을 극복하며 동굴로 걸어 들어간다. 동굴 끝에 도달하면 무엇이 있는지 주인공은 끊임없이 궁금해하고, 걸어 들어가는 과정에서 끝에 무엇이 있는지 암시하는 듯한 단서를 보기도 한다. 이야기를 읽으면서 주인공과 독자는 같이 수수께끼의 답을 궁금해한다. 도대체 동굴 끝까지 가면 무엇이 있을까? 그 과정에서 주인공과 독자의 시각과 기분은 같아지며 독자는 주인공의 정신과 하나가 되어 이야기 속에 빠지게 된다.

추리물도 비슷한 경우가 많다. 도대체 누가 범인인지 모른다. 아니면 범인이 누구인지는 밝혀졌다고 해도 어떤 속임수로 범인이 아닌 척했는지 숨기고 있다. 그 비밀을 이야기 속 탐정은 하나하나 조사해나가며 답을 추적하고 독자도 그 답을 알기 위해 마지막 페이지까지 읽고 싶어 한다.

두 번째는 어떤 비밀을 주인공은 알지만 독자는 모르는 형태다. 이런 이야기는 특이한 인물인 주인공을 등장시키고 약간 떨어진 거리에서 그 인물을 관찰하는 형태가 흔하다.

예를 들어, 어떤 인물이 매일 오전 반드시 편의점에 가서 껌 한 통을 산다고 하자. 눈이 오는 날이나 비가 오는 날이나 매일 이 사람은 껌 한 통을 사서 들고 간다. 휴일도 예외가 없다. 왜 이 사람은 이런 행동을 하는 것일까? 껌을 사서 직접 씹는 것일까? 만약 그날 껌이 다 떨어지고 없다면 이 사람은 어떻게 할까? 나는 실제로 단편집 『토끼의 아리아』에 실린 「조용하게 퇴장하기」의 장편판을 쓸 때 이처럼 껌을 사는 인물을 등장시켰다. 단편판에서는 결국 빼버렸지만 이렇게 '사소하지만 수수께끼 같은 행동을 하는 사람' 이야기는 손쉽게 써먹을 수 있는 틀이라고 생각한다.

비밀을 중심에 두지 않더라도 잠깐씩 숨겨진 사연, 배경이나 곁가지 이야기로 주인공은 비밀을 알지만 독자는 모르는 형태를 사용하는 경우도 많다. 가장 흔한 방식은 얼굴에 상처가 있거나 다리를 저는 인물을 등장시킨 후에 한참 지나서 언제 그 얼굴의 상처가 생겼는지, 어떤 사연으로 평생 다리를 절게 되었는지 알려주는 방식이다.

세 번째는 어떤 비밀을 주인공도 알고 독자도 아는 형태다. 이런 이야기는 보통 비밀을 숨기려고 하거나 비밀을 폭로하기 위해 애쓰는 이야기인 경우가 많다. 추리소설 중에는 시작하면서 범인이 누구고 어떻게 범죄를 저질렀는지 밝힌 상태에서 탐정이 어떻게 범인을 추적하는지를 보여주는 방식을 쓰는 경우가 있다. TV 드라마 〈형사 콜롬보〉 시리즈가 대표적인 사례다. 이런 이야기에서 범인인 주인공은 범죄를 저지른 사실을 비밀로 숨기고 있다. 이야기가 진행되면서 비밀을 파헤치는 콜롬보의 예리한 솜씨나 수사망이 좁혀 들면서 주인공이 초조해하는 모습, 또는 시치미를 떼고 범행을 부인하는 순간의 심리를 포착해 이야깃거리로 삼는 것이다.

네 번째는 어떤 비밀을 주인공은 모르지만 독자는 아는

형태다. 이런 이야기에서는 비밀을 아는 독자는 모든 상황을 이해하고 있지만, 비밀을 모르는 등장인물들은 엉뚱한 행동을 하거나 오해하는 것을 보여주곤 한다.

대표적인 예는 연애 이야기를 다룬 연속극이다. 서로 마음을 고백하지 않은 남녀 주인공이 등장하는데, 마음속으로 좋아하고 있지만 둘 다 상대방의 마음을 확신하지 못한다. 시청자들은 두 사람이 서로 깊이 좋아하고 있다는 것을 뻔히 알고 있다. 그런데 등장인물들은 괜히 상대방을 오해하기도 하고 다른 사람을 만나기도 하고 엇갈리기도 한다.

코미디물 중에도 독자는 알고 있지만 등장인물은 오해에 빠져 있는 상황을 웃음거리로 삼는 경우가 많다. 연극 중에는 〈피가로의 결혼〉 같은 소극(笑劇)에 이런 방식이 많다. 저택을 배경으로 해서 이쪽 방과 저쪽 방에 바람피우는 사람들이 숨어 있는데 서로 오해를 하며 소동을 벌인다는 식의 이야기가 있다. 이런 이야기도 따지고 보면 주인공은 비밀을 모르지만 독자는 비밀을 아는 형태다.

네 가지 비밀 이야기의 형태 중에 하나를 고르자면 나는 네 번째 형태, 그러니까 어떤 비밀을 독자는 아는데 주인공은 모르는 이야기를 좋아한다. 이런 이야기에서 독자는 모든 사실을 아는 입장이 되어 이야기를 지켜보면서 그런 사실을 모르는 한 명 한 명의 인물이 어떻게 버둥거리는지 지켜보게 된다. 이것은 세상을 살아가는 한 사람의 한계를 보여주기에 적합하다고 생각한다. 한편으로는 그런 한계 속에서도 어쩔 수 없이 나름대로의 결론과 신념을 갖고 행동하는 사람들의 모습을 극명히 드러내면서 그 사람의 용기나 의지 혹은 반대로 어리석음이나 불쌍한 면을 표현하기 좋다.

현실에서는 그렇게 다른 사람의 마음과 미래까지 다 아는 상황에서 한 사람의 인생을 볼 수가 없다. 현실을 이런 형태로 다루려면 몰랐던 비밀이 밝혀진 상황에서 과거의 사건을 소설처럼 극화해서 생각해야 한다.

어떤 사람이 광복 전에 일본군이 남긴 보물지도를 우연히 얻게 되어 전 재산을 날려가며 보물을 찾고 있다는 실화가 있다면 이것은 보물이 정확히 어디에 있는지 세상 사람 누구도 모르는 이야기다. 그런데 그 보물지도가 1970년대에 나온 어린이 만화책의 찢긴 페이지이고 만화 속 지도였다는 사실이 30년 만에 밝혀졌다고 하자. 그 상황에서 이 사람의 한 평생을 소개하면 이 사람의 과거는 독자는 비밀을 알고 있지만 주인공은 모르는 서글픈 이야기가 된다. 이런 구성이야말로 지어낸 이야기, 아니 실화라고 하더라도 소설처럼 극적으로 꾸민 이야기만의 재미가 잘 살아나는 구성 아닐까.

꺼리는 글에는 이유가 있다

앞서 소재를 찾을 때 다른 이야기에서 재미있어 보이는 점들을 메모해두는 것이 좋다는 이야기를 했다. 그런데 찾은 소재를 펼쳐나가는 동안에는 반대로 다른 이야기에서 싫었던 점들을 피해나가는 것이 유용할 때가 있다. 더는 보고 싶지 않은 소재, 내가 재미없다고 생각하는 구성, 짜증 나는 결말, 딱 보기 싫은 상황, 심지어 내가 싫어하는 단어가 있다면 그런 것을 메모해두었다가 내 글을 쓸 때는 온 힘을 다해 피해가는 방법이 유용하다.

예를 들어, 여행기나 기행문을 쓰는데 여행한 장소마다 그곳에 있는 동상이나 건물의 역사와 유래를 백과사전식으로 줄줄 늘어놓는 것은 따분하다고 느낄 수 있다. 그러면 그런 기행문이 따분하다고 어디 메모해두었다가 내 기행문을 쓸 때에는 그렇게 쓰지 않도록 노력하는 것이다.

식당에 가서 음식을 먹은 이야기를 읽는데 식당 인테리어가 아름답다, 초라하다 혹은 분위기가 좋다, 어떻다고 하는 것은 허영에 지나지 않는다고 느꼈다면 그렇게 메모해두고 내가 식당에 관한 글을 쓸 때는 그런 글을 쓰지 않도록 노력하면 된다. 반대로 식당에 대해 설명하면서 그 가게에서 머무는 동안 느끼는 분위기를 제대로 전달하는 것이 중요한데, 그런 점에 대해 다룬 식당 소개글이 너무 소홀하고 정확하지 못하다는 느낌이 들었다면 내가 글을 쓸 때는 그런 내용을 차분하게 전달할 궁리를 하면 된다.

한때 나는 음식 맛을 설명할 때 '식감'이라는 단어를 사용하는 것이 너무나 싫었다. 식감이란 그저 '먹는 느낌'이란 뜻으로 사실 대부분의 경우 쓰나 안 쓰나 별 상관도 없는 표현이라고 생각한다. 그런데도 일상생활에서 잘 쓰지 않는 단어라는 느낌 때문인지 '식감'이란 단어만 쓰면 뭔가 세밀한 음식 맛 평가를 했다고 뿌듯해하는 듯한 글을 너무 많이 봤나 보다. 그러고 났더니 갑자기 그 단어가 너무 싫어졌다.

'식감'이란 말은 2000년대까지만 해도 거의 쓰이지 않는 단어였는데 2000년대 후반쯤 전염병처럼 퍼져서 지금은 너도나도 아무 때나 대단히 자주 쓰는 말이 되었다. 그래서

나는 그 무렵 음식 맛을 설명할 때 무조건 '식감'이라는 단어
는 빼기로 했다. 그러면서도 맛을 자세하고 생생하게 설명하
려고 노력했다. 그런 노력은 재미난 글을 쓰는 데 도움이 되
었다고 생각한다.

소설을 읽거나 영화를 보거나 TV 연속극을 보다 보면
'정말 이런 이야기는 지긋지긋하고 지겹다'고 느낄 때가 가
끔 있을 것이다. 그런 것들을 메모해두거나 잘 기억했다가
피하려고 노력한다.

평범하거나 비참하게 살고 있는 주인공이 있는데 알고
보니 주인공의 아버지나 어머니, 할머니나 할아버지가 신성
하거나 고귀한 사람이라서 주인공이 갑자기 대단한 일을 하
게 된다는 식의 이야기를 나는 한동안 무척 싫어했다. 주인
공이 전설적인 용사의 잃어버린 아들이었기 때문에 주인공
도 그 뒤를 이어서 전설적인 용사가 된다든가, 혹은 주인공
이 재벌의 숨겨진 딸이었기 때문에 나중에 비열한 경쟁자들
을 물리치고 좋은 회사를 만드는 후계자가 된다는 식의 이야
기는 그야말로 괴롭다고 느꼈다.

내가 그런 이야기를 특히 싫어했던 이유는 혈통에 뭔가
운명적인 것이 서려 있다는 느낌을 주는 것이 너무 사악해
보였기 때문이다. 신분제나 가문의 서열을 따지는 것은 타
파해야 할 옛 시대의 나쁜 제도라고 어릴 적부터 배웠다. 그

러다 보니 이런 이야기는 출발부터가 꺼림칙했다. 꼭 재벌 피를 이어받아야 훌륭한 경영자가 될 수 있고, 영웅의 혈통을 이어받아야만 좋은 군인이 될 수 있는 것이 아니지 않나? 경영자의 자손은 대를 이어 경영자가 되고, 장군의 자손은 대를 이어 장군이 되는 제도는 나쁜 것이라고 나는 생각하고 있었고, 그러니 이야기 속에서 알고 보면 고귀한 혈통을 이어받은 주인공이라는 틀을 이용하는 게 싫을 수밖에 없었다.

게다가 이런 이야기는 여러 사람이 협력해서 이루어내는 커다란 사건을 영웅 한두 명의 개인적인 사연으로 줄어들게 만든다. 예를 들면, 전쟁이란 수없이 많은 사람이 각자 자기 역할을 하고 또 고통을 받기도 하면서, 그 모든 사람의 일이 모여 이루어내는 커다란 사건이라고 생각한다. 그런데 고귀한 영웅의 혈통을 이어받은 용사가 활약하는 이야기는 곧잘 이런 전쟁을 한두 사람의 개인적인 감정싸움으로 줄여서 표현하는 경향이 있다. 두 나라가 국민 모두의 생명을 걸고 싸우는 전쟁 이야기를 하는데, 주인공 용사와 악당 두목이 사랑싸움 때문에 칼을 맞대고 결투하는 것이 마지막 절정 장면이라는 식의 이야기는 거의 우스꽝스럽다고 느꼈다.

그렇다면 이런 이야기를 내가 싫어하는 이유를 메모해 두고, 나중에 내 이야기를 쓸 때는 이것을 피하면 된다.

꼭 중요한 사건이나 단어에만 피하고 싶은, 싫어하는

점이 있는 것은 아니다. 어떤 경우에는 인물이, 어떤 경우에는 장소가, 어떤 경우에는 특정한 대사가 싫을 수도 있다.

나는 이야기 속에서 수학을 전공한 인물이 사회나 인간관계의 시련에 부딪혔을 때 "수학 문제는 인생과 달리 답이 정해져 있잖아. 그래서 나는 수학을 좋아했어"라고 말하는 장면이 진절머리 나게 싫었다.

세상에 정말로 그런 이유로 수학을 좋아하는 수학 전공자가 몇이나 있을까? 수학과 대학원생이 고민하는 수학 문제가 정말 그렇게 답이 정해져 있는 것일까? 수학을 전공하는 사람은 왜 필연적으로 사회 문제와 인간관계에 서투를 거라고 생각하는가? 하기야 수학 문제는 답이 정해져 있어서 좋아하고 그 때문에 수학을 전공으로 택한 사람도 있기는 할 것이다. 그렇다고는 해도 그 사람이 "수학은 인생과 달리 답이 정해져 있잖아" 같은 간드러지는 대사를 실생활에서 대놓고 한단 말인가? 설령 그런 말을 한 사람을 실제로 본 적이 있다고 해도 그걸 또 소설에 써놓을 필요가 있나? 이런 생각이 들었다면 내가 글을 쓸 때는 그런 대사를 하지 않게 하고, 그런 인물을 등장시키지 않는 이야기를 만들면 된다.

싫어하는 이야깃거리를 피하면서 글을 써나가는 것이 쉬운 일은 아닐 것이다. 싫어하는 이야기를 많이 봤다는 것은 남들이 주로 그런 이야기를 택하는 이유가 있다는 뜻이기도 하다. 그렇게 하면 손쉽게 다음 이야기를 짜기가 좋다든가, 쉽게 독자의 관심을 얻을 수 있다든가, 어려운 상황을 쉽게 정리할 수 있다든가 하는 이유가 있을 것이다. 그런데 그 방법이 싫다고 피하게 되면 그만큼 남들이 쉽게 풀어간 이야기를 더 어렵게 푸는 길이 될지도 모른다.

하지만 대신에 그만큼 참신한 이야기를 쓸 가능성이 높아진다고 생각한다. 독자가 뻔히 내다볼 수 있는 흐름이 아니라 알 수 없는 새로운 이야기를 펼쳐서 그만큼 독자를 더 놀라게 하고 다음 이야기에 독자가 더 관심을 갖게 될 가능성이 높다고 본다.

부잣집 며느리로 들어온 주인공이 시집살이를 하는 이야기라면 누구나 시어머니가 며느리를 못마땅하게 여기고 천박하다고 몰아붙여 주인공이 고난에 빠지는 이야기를 생각한다. 주인공의 남편은 그런 어머니와 아내 사이에서 또 다른 갈등을 겪는 곱상한 젊은이이거나 멍청한 얼간이로 나오는 경우가 많다.

그런데 만약 내가 그런 이야기를 지긋지긋하게 싫어한다면 그렇지 않은 이야기를 짜보는 것이다. 예를 들어, 부잣집 며느리로 들어온 주인공이 오히려 시어머니와 결탁하여 남편을 없애려고 하는 이야기는 어떨까? 어떻게 하면 그런 이야기를 뽑아낼 수 있을까? 남편이 시어머니의 친자식이 아니라고 하거나 남편이 사악한 마법 같은 것을 믿게 되어 어마어마한 악행을 몰래 저지르고 있다고 해야 할까? 그런 궁리 과정에서 새롭고 재미있는 이야기가 나올 수 있다.

싫어하는 이야기를 피하는 방법을 쓰면 내가 싫어하는 점들을 피할 수 있다는 것 또한 장점이다. 내가 애초에 어떤 이야기를 싫어한 데는 이유가 있었을 것이다. 그 이유를 선명하게 느끼지는 못할 수도 있지만 분명 안 좋은 점을 느꼈기 때문에 그 이야기를 싫어했을 것이다. 이야기 속에 들어 있는 편견이나 고정관념이 싫어서일 수도 있고, 이야기가 너무 비현실적이라고 생각했기 때문일 수도 있다. 너무 비도덕적이거나 너무 결백하거나 너무 무겁거나 너무 가벼운 이야기라서 싫어했을 수도 있다. 혹은 너무 많이 보던 이야기라서 지겨웠을 수도 있다. 싫어하는 이야기를 피해 가면 그런 분명치 않은 점들도 피해 갈 수 있다.

사실 이 방법의 가장 큰 장점은 이렇게 하면 내가 싫어하는 이야기를 안 쓰게 되니 그만큼 글 쓰는 것이 덜 고달프고, 내가 쓰고 싶은 이야기에 더 가까워질 가능성이 높다는 것이다. 그렇게 해서 글 쓰는 의욕을 돋우고 좀 더 즐겁게 글을 쓸 수 있다.

그러니 여기서 이야기하는 '싫어하는 이야기'란 내가

싫어하는 이야기를 말하는 것이지, 남들이 말하는 좋지 않은 이야기를 쓰지 말라는 뜻은 아니다.

내가 음식 맛을 이야기할 때 식감이라는 단어를 쓰는데 불만이 없다면 써도 된다. 수학은 인생과 달리 답이 정해져 있다고 말하는 인물이 진심으로 사랑스럽다면 써도 안 될 것은 없다. 반대로 아무리 요즘 공무원처럼 행동하는 저승사자 이야기와 시간여행으로 과거에 간 고등학생 이야기가 잘 팔린다고 해도, 나는 그런 이야기들이 짜증스럽다고 느낀다면 메모해두고 피하기로 결심하면 된다.

일단 쓰고 보기 vs 찬찬히 짜놓고 쓰기

소재에서 출발한 이야기를 결말로 몰고 가는 방법에는 크게 두 가지가 있다.

첫 번째 방식은 일단 시작 부분을 생각하고 나면, 시작 장면부터 글을 쓰면서 내용을 점점 채워나가는 것이다. 그렇게 글을 쓰면서 다음에는 무슨 일이 일어날까, 이전에는 무슨 일이 있었기에 이런 일이 펼쳐질까, 그때그때 생각하면서 한 걸음 한 걸음 나아간다. 중간에 무슨 일이 벌어질지, 결말은 어떻게 될지, 글을 쓰는 작가 스스로도 모르는 상태에서 이야기를 써나가고, 그 과정에서 내용이 점차 뚜렷해지도록 만드는 방법이다. 그러니까 쓰면서 내용을 짜나가는 방식, '쓰기 먼저 방법'이라고 할 수 있다.

'쓰기 먼저 방법'에서는 흔히 등장인물을 재미있고 분명하게 만들어두는 것이 중요하다고들 한다. 그런 관점에서 보면 소설 쓰기의 핵심은 어떤 성격이나 성향, 장단점을 가진 인물을 만들어두고 그 인물이 어떤 상황에서 어떻게 행동할지 상상하는 것이다. 그렇게 떠오른 것을 하나하나 써나가면 그것이 이야기가 되는 것이다.

주인공이 성질 급한 특수 요원인데 휴일에 중요한 데이트가 있다는 이야기로 시작했다고 치자. 그런데 약속 시간을 앞두고 잠시 들른 은행에서 하필 은행 강도 사건이 발생했다면 어떻게 될까? 성질 급한 특수 요원이니 데이트 약속에 늦지 않기 위해 직접 후다닥 은행 강도를 제압하려고 하지 않을까. 그런 상상이 떠올랐다면 그대로 쓰면 된다.

그러면 은행 강도나 은행원, 같이 은행에 있는 다른 사람들은 어떤 성격일까? 그 사람들은 주인공의 이런 행동에 대해 어떻게 대응할까? 그것을 상상해서 계속 다음 내용을 써 내려가면 된다.

예를 들어, 은행원 중에 한 명은 철저한 원칙주의자라서 이미 주인공이 은행 강도를 제압했지만 경찰이 와서 없어진 게 없는지 확인하고 은행 강도를 데려갈 때까지는 규정상 아무도 은행 밖으로 나가면 안 된다고 주장할 것이다. 그런 상상이 떠올랐다면 그 내용을 써 내려간다. 그렇게 되면 주인공이나 다른 인물들은 그 성격을 고려할 때 어떻게 대응할까? 주인공은 경찰이 조사를 마칠 때까지 기다리면 결국 데이트에 늦을 테니, 은행원에게 그러지 말라고 따질 것이다. 은행원이 규정이기 때문에 안 된다고 하면? 주인공은 자꾸 그런 식으로 못 가게 하면 도로 은행 강도를 풀어놓겠다고 협박하지는 않을까?

이런 식으로 이야기를 만들어가다 보면 보통 중반 정도까지 이야기를 풀어갔을 때 대충 어떤 분위기로 흘러갈지 전체적인 구도가 잡힐 것이다. 어떤 상황이 벌어졌을 때 각자 다른 성격의 인물들은 어떻게 행동할지, 그런 행동이 상황을 어떻게 바꿀지, 바뀐 상황에서 인물들은 또 어떻게 행동할지, 그 행동이 또 상황을 어떻게 바꿀지, 이런 연결고리가 사슬처럼 계속 이어진다. 대체로 나와 있는 분위기에 맞춰 내용을 이어나가다 보면 적당히 결말을 지을 방법도 몇 가지 떠오를 것이고, 그중에 하나를 골라 결론을 내면 소설을 끝까지 쓸 수 있다.

두 번째 방식은 글을 쓰기 전에 대체로 어떤 줄거리로 결말이 어떻게 이어질지 어느 정도 짜놓은 상태에서 글을 쓰기 시작하는 것이다. 머릿속에 있는 재미있는 사연, 놀라운 줄거리, 꼭 보여주고 싶은 이야기를 간단한 요약 글이나 개요 등으로 정리한다. 1, 2, 3, 4, 번호를 붙여서 이야기를 몇 단계로 나눠놓고, 각 단계를 짧은 한두 문장으로 써놓는 방식도 있다.

내 경우에는 중요한 사건이 어떤 순서로 벌어지는지를 단어 몇 개로 써놓고, 그 사이를 화살표로 연결하고, 사이사이에 들어갈 내용을 여백에 써놓은 뒤에 연결 관계가 있는 것끼리 선으로 연결해 그리곤 한다. 이런 경우에 미리 짜둔 내용은 나뭇가지나 거미줄처럼 뻗은 선과 단어로 표현된다.

이렇게 어떤 내용으로 이야기가 이어질지 미리 설계도를 만들어두고, 그에 맞춰서 구체적인 장면과 세부 묘사를 하나하나 채워나가는 것으로 글을 실제로 써나간다. 미리 짜둔 모든 중심 내용을 세세하게 표현하다 보면 글이 완성되는 것이다. 그러니까 이 방식은 미리 다 짜놓고 쓰는 방법, 즉 '짜기 먼저 방법'이다.

'짜기 먼저 방법'에서는 사건이 중요하다고들 한다. 때문에 등장인물들은 정해놓은 사건들을 자연스럽게 일으킬 수 있는 인물로 만들어진다. 예를 들어, 1단계로 우연히 주인공이 은행에 갔다가 은행 강도 사건 현장에 휘말리게 되고, 2단계로 주인공이 처음에는 은행 강도를 제압하려 하다가, 3단계로 마음을 고쳐먹고 은행 강도와 결탁하여 은행 강도에게 좋은 범죄 수법을 알려주며 협심해서 은행 강도를 성공시키지만, 4단계에서 결국 돈을 은행에 도로 돌려주는 이야기를 쓰고 싶다고 하자. 그러면 주인공이 어떻게 은행 강도를 제압할 수 있는지, 주인공은 어떤 성격이기에 은행 강도와 결탁하기로 결심하게 되는지, 주인공이 어떤 능력이 있기에 은행 강도를 성공시킬 수 있는지, 그런 세부 사항에 답을 줄 수 있는 인물을 떠올려야 한다. 그렇다면 아마 그 은행과 어떤 원한 관계가 있거나 성격이 대단히 꼬인 인물이면서, 동시에 범죄, 수사, 절도, 도주 등에 해박한 인물이어야 할 것이다.

첫 번째 '쓰기 먼저 방법'과 두 번째 '짜기 먼저 방법'은 당연히 저마다 장단점이 있다.

'쓰기 먼저 방법'은 좀 더 인물에 집중하게 되므로 더 생생하게 감정을 끌어내는 인물을 보여주기에 좋고 연결되는 이야기를 자연스럽게 꾸미기에 좋다. 이야기를 써나가면서 좋은 아이디어가 그때그때 떠오른다면 풍성하게 이야기를 부풀리기도 좋다.

게다가 '쓰기 먼저 방법'은 처음 이야기를 다른 사람에게 설명하거나 독자의 관심을 끌기에 좋다. 이 방법은 특이한 인물을 특이한 상황에 배치하는 방식이라고 말할 수 있다. 그렇기 때문에 '성질 급한 특수 요원이 우연히 초보 잡범이 저지른 은행 강도 사건에 휘말리는 이야기'라는 한 줄 설명을 출발할 때부터 바로 던져줄 수 있다. 이런 방식으로 '재미날 것 같은 틀'을 한 줄로 요약해서 시작하는 것은 예로부터 영화 제작자나 텔레비전 산업에 모인 '꾼'들에게 잘 통하는 방식이었다.

'학교 폭력의 희생양이던 중학생이 있는데 이 중학생에게 갑자기 수천억 원의 돈이 생겨서 복수하려는 이야기'라든가, '답답한 성격의 재벌 회장이 있었는데 무슨 영문인지 갑자기 회사 건물 앞에 있는 가로수에게 격렬한 애정을 느껴서 그 가로수를 보호하고 꾸미기 위해 전력을 기울이는 이야기'라든가. 인물과 상황을 생각해서 엮으면 그게 출발점이 된다. 그리고 곧 그대로 남에게 들이밀어서 보여줄 수 있다.

한편 '짜기 먼저 방법'은 결말이 미리 완성되어 있기 때문에 중간에 이야기가 혼란에 빠지거나 어떻게 이야기를 이어나가야 할지 몰라서 망설이게 될 위험이 적다. 변화하는 줄거리에 들어맞게 인물을 미리 짜놓기 때문에 인물이 납득하지 못할 행동을 해서 가짜같이 느껴질 위험도 적고, 갑자기 분위기가 돌변하거나 이야기가 늘어져서 독자를 실망시키는 일도 적다.

나는 두 방법 중에 어느 한 가지만을 골라야 한다면 '짜기 먼저 방법'에 약간 더 무게를 주고 싶다. 그 이유는 '짜기 먼저 방법'이 다름 아닌 원고의 마감을 맞추기에 훨씬 유리하기 때문이다.

대체로 어떤 글을 써서 어딘가에 보내는 일은 원고의 분량과 마감이 정해져 있기 마련이다. 분량과 마감을 지키는 일은 적어도 요즘에는 대단히 중요하다. 그런데 어떤 내용을 쓰고 어떤 결말을 낼지를 미리 정해놓았다면 급할 경우 그냥 그대로 빨리 쓰면 된다. 좀 재미있건 재미가 없건 잘 쓰건 못 쓰건 후다닥 거기에 맞춰 쓰면 되는 것이다. 무슨 내용으로 채워질지가 정해져 있으니 어느 장면은 어느 분량 정도로 써야 한다는 계산도 할 수 있다. 하여간 시간 안에 글을 완성하기에는 '짜기 먼저 방법'이 좋다.

그렇게 보면 '쓰기 먼저 방법'의 새로운 장점도 보인다. '쓰기 먼저 방법'은 무엇보다 글을 실제로 쓰는 데 빨리 착수할 수 있다는 장점이 있다. 반면 '짜기 먼저 방법'은 좋은 이야기를 쓸 욕심이 너무 클 경우 이야기 개요를 짜는 데 너무 오래 걸릴 위험이 있다. 실제 이야기는 쓰기도 전에 개요를 짜느라 진이 빠지고, 나중에는 글을 쓸 의욕이 떨어질지도 모른다. 반면 '쓰기 먼저 방법'을 택하면 일단 구체적으로 인물과 상황을 등장시켜서 실제로 무엇인가를 만들어나갈 수 있고, 여기에 쓰는 사람 스스로가 빠져들면서 점점 더 애정을 갖고 일을 진행할 의욕을 가질 수 있다.

그렇기 때문에 처한 상황이나 자기 성격에 따라 두 방

법을 잘 조화시킬 필요가 있다. 나는 몇 줄 정도의 설명, 단어 몇 개 정도의 표로 요약될 수 있는 간단한 내용만을 미리 짜두고 나머지는 실제로 쓰면서 짜나가는 방법을 사용한다. 좀 더 세세하게 설명하자면 단편소설의 경우에는 좀 더 미리 많이 짜두고 시작하는 편이고, 장편소설의 경우에는 비교적 덜 짜두고 실제로 글을 써나가면서 자연스럽게 채워지는 이 야깃거리를 더 기대한다.

이처럼 만약 이야기의 분량이나 결말이 당장 중요한 상황이 아니라면 미리 짜두는 내용을 더 없애고 쓰면서 자유롭게 짜나가도 좋을 것이다. 혹은 내가 미리 계획을 정해두고 차분하게 일을 완수하는 것을 잘하는 성격이라면 치밀하게 이야기를 미리 짜놓는 것이 더 좋을 수도 있다.

영화 감상이나 경험담 같은 것을 이야기로 풀어놓을 때도 마찬가지다. 두 가지 방식을 어떻게 사용할지 고민해볼 필요가 있다. 미리 다 짜놓고 쓰는 방법은 분량과 일정을 지키고 내용을 논리적으로 조직하기에 더 유리하다. 한편 일단 쓰면서 짜나가는 방식은 좀 더 의욕적으로 일을 시작할 수 있고 더 자연스럽게 이야기를 뽑아낼 수 있다.

바꾸고, 덧붙이고, 고쳐 쓰기

종종 미리 짜놓은 것을 토대로 글을 쓰는 경우 내용을 채우면서 실제로 써나가다 보면 미리 짜놓은 것과 들어맞지 않는 느낌이 들 때가 있다. 이런 일은 심심찮게 발생한다. 주인공이 불법적인 작전도 많이 수행했던 특수 요원이고 은행에 빚을 많이 지고 있어서 은행을 싫어한다고 썼지만, 이야기를 계속 써나가다 보니 이 주인공을 그래도 투철한 군인정신을 갖고 있는 사람으로 묘사하게 되었기 때문에 갑자기 은행 강도질에 합류한다는 것은 부자연스럽게 느껴질 수 있다.

이런 상황에서는 과감하게 미리 짜놓은 것에서 살짝 벗어나면 새로운 내용으로 풀어나갈 해결책이 보이는 경우가 있다. 물론 그렇게 하면 짜놓은 것에서 벗어났으니 글 앞뒤를 좀 뜯어고쳐야 할 것이다. 그래도 괜찮다. 컴퓨터와 워드 프로세서가 있으니까. 미리 짜놓은 것을 어쩔 수 없이 살짝 포기하고, 중간에 떠올린 새로운 곳으로 나가보는 것이다.

내 경우 그렇게 해서 마음에 드는 결과를 얻는 경우가 많았다. 짜놓은 것을 따라가다가 그것을 깰 수밖에 없는 한계가 보이면서 '이거 망했는데' 싶은 순간이 오는데, 그걸 잘 극복할 방법을 찾아내기만 한다면 오히려 더 좋은 길로 갈 수 있다.

나는 《미스테리아》라는 잡지에 "펄프"라는 제목으로 대한민국에서 발생했었던 실제 범죄 사건 중에 잘 알려지지 않고 특이한 것을 소개하는 글을 꾸준히 실어왔다. 2016년에 나온 제6호에서는 1959년 부산을 근거로 악명을 떨쳤던 여자들로만 구성된 해적단과 두목 '나니야'의 이야기를 다루기로 했다. 1950년대 말 부산에서 해적들의 수법은 어떤 것이었으며, 나니야라는 사람은 어느 정도 규모의 부하들을 이끌고 무슨 범죄를 저질렀는가 하는 내용을 쓰기로 짜두었다. 우리나라에 해적이 있었다는 이야기도 비교적 덜 알려진 것인 데다가 그중에서도 '나니야'라는 특이한 이름을 가진 두목과 여자 해적들이 있었다는 이야기는 더 특이해 보였다.

그런데 막상 내용을 써나가다 보니 나니야에 대한 자료가 너무 없었다. 그냥 그런 이름으로 불리는 해적 두목이 있었고, 그 일당이 총 여섯 명이었으며, 검거될 때 어느 배를 공격해서 얼마치의 물건을 빼앗았다는 신문기사가 전부였다. 어떤 동기로 결성된 해적단이었는지 나니야는 어떤 사연을 가진 어떤 성격의 사람인지 등에 대한 정보는 전혀 없었다. 심지어 '나니야'라는 이름이 어느 나라 말에서 따온 것인지, 본명을 변형한 것인지 별명인지조차 알 수 없었다. 주변 정황을 짐작할 만한 단서를 이리저리 조사해봤지만 나니야에 대한 정보가 너무 적어서 원고 분량을 채울 수가 없었다.

그렇다고 해적 이야기는 아예 접어두고 새로운 사건을 다루자니 마감 날짜가 다가오고 있었다. 급할 때를 대비해서 소재로 쓸 만한 다른 사건을 꼽아놓은 것이 두어 건 있기는 했지만 이제 와서 완전히 새로운 내용을 쓰기에는 아무래도 시간이 너무 빠듯해 보였고 힘들 것 같았다. 또 급할 때를 위해 꼽아놓은 소재는 정말 급할 때 쓰기로 한 것이라서 가능하면 쓰지 않고 아껴두고 싶었다.

그래서 어쨌거나 짜든 대로 써보겠다고 막상 써나가다 보니, 1950년대 말 부산 일대에서 소란을 일으키던 해적질 사건의 배경과 분위기를 다루는 도입부가 썩 재미있어 보였다. 지금은 '조도'로 이름이 바뀐, 한국해양대학교가 있는 섬이 당시에는 해적들이 자주 왕래하던 곳이었다는 점을 끌어내서 글을 써보니 흥미를 불러일으키기에도 좋아 보였다. 그러고 나서 자료를 정리해보니, 당시 해적의 모습은 다양하기도 했고 해적질에 얽힌 일화도 특이한 것이 여럿 있었다. 특히 그렇게 해적이 들끓었던 이유를 따져보면 나름의 정치적, 역사적 배경도 분명했다.

나는 그래서 미리 짜두었던 틀을 뜯어고치기로 결정했다. '나니야' 이야기가 아니라, 1950년대 말 부산 해적들의 전체적인 풍경을 그려내는 데에 초점을 바꾸기로 한 것이다. 나니야 이야기는 대신 글 마지막 절정 부분에 온갖 해적 이야기 중에서도 특기할 만한 사건으로 짧게 다루기로 했다. 그렇게 마음먹고 내용을 꾸려보니 분량도 충분할 뿐만 아니라 재미가 더 잘 살면서도 해적이 유행하던 시절의 사회상을 살펴보는 제법 깊이 있는 내용이 되었다. 나니야 이야기에 관해서는 정보가 부족한 점이 오히려 더 이상하고 수수께끼 같은 느낌을 자아냈다.

이런 식으로 미리 짜놓은 이야기를 쓰다가 조금 바꾸는 것이 더 자연스럽다는 생각이 드는 경우를 소설을 쓸 때는 더욱 자주 겪는다. 소설 속 세상을 미리 짜놓고 거기에 던져놓은 인물들의 운명도 미리 짜놓았지만 막상 쓰면서 그 인물이 말하고 움직이게 하다 보면 '이 인물은 그런 운명으로 안 빠질 것 같은데' 싶은 생각이 들 수 있다.

글을 쓰는 도중에 등장인물이 스스로 살아 움직이는 것

처럼 자연스럽게 이야기가 풀리다 보면 인물이 이야깃거리를 직접 몰고 가면서 더 어울리는 말, 행동, 이야기를 나에게 계속 보여주는 것 같을 때가 있다. 좀 거창하게 말하자면, 작가가 인물의 운명을 짜놓았지만 소설 속 인물이 그 운명을 거부하고 자기 운명을 직접 만들어 보여준다.

최근의 예를 들어보자면, 2017년에 나는 잡지 《과학동아》에 실을 소설을 보내달라는 청탁을 받았다. 청탁을 받고 "이상한 용손 이야기"라는 제목으로 미리 이야기를 짰다. 고려 태조 왕건처럼 용의 자손이라고 생각되는 사람이 있고, 옛날에 기우제를 지낼 때 용을 놀라게 하면 비가 내린다는 전설이 사실일 수도 있다는 이야기로 시작한다. 그리고 이야기는 이 사람이 사랑에 빠지게 되자 사랑하는 사람을 볼 때마다 주위에서 비가 내린다는 것으로 흘러간다.

나는 이 사람의 배경을 소개하는 대목을 쓰다가 이 사람이 언제 자기 출생의 비밀을 깨달았는지, 부모는 그 사실을 아는지 모르는지에 대해 채워 넣게 되었다. 그러면서 처음에는 계획에 없었던 주인공의 아버지와 어머니의 이야기가 제법 재미있어 보인다는 생각이 들었다. 멋지고 시원한 어머니와 걱정 많고 세심한 아버지라는 개성이 저절로 생겼고, 주인공 삶의 고비와 주변 풍경을 재미있게 꾸미는 데 도움이 될 것 같았다.

결국 나는 원래 짜두었던 계획을 바꿔서 주인공의 부모를 조연으로 활용하기로 했다. 그 둘은 처음에 이야기를 짤 때만 해도 등장시킬 상상도 하지 않았던 인물이었다. 그렇지만 두 조연을 이용해서 고비가 생기고 장면 전환이 일어나도록 내용을 꾸몄다. 덕분에 주인공의 삶이 좀 더 두터워 보이게 되었다. 조연들 덕에 공상적인 소재를 다루면서도 생동감이 있고, 인물의 성장을 다루지만 즐겁고 우스운 느낌이 유지될 수 있었다.

이야기가 막힐 때의 비상 수단

'쓰기 먼저 수법'이건 '짜기 먼저 수법'이건 이야기를 써나가다 보면 다음에는 무슨 내용을 써야 할지 도통 떠오르지가 않을 때가 있다. 어떻게든 분량을 채우고 싶다거나 당장 마감이 닥쳐오고 있다면 이야기가 막혀 있는 상황에서도 무슨 수를 쓰든 이야기를 이어가야 한다.

이럴 때 예로부터 작가들이 쓰던 가장 값싼 방법은 꿈 장면을 집어넣는 것이다. 그리고 꿈이라는 핑계로 대강 어울릴 말한 내용이나 적당히 아무 내용이나 떠올려 다 퍼부어버린다.

그렇게 해서 분량을 채우면 일단 마감을 지킬 수 있다. 혹은 오늘 여기까지는 반드시 쓰겠다고 결심한 대목까지는 쓸 수 있다. 꿈이기 때문에 앞뒤 이야기가 별로 들어맞지 않아도 상관은 없다. 그냥 아무 장면이나 내키는 대로 쓰면 그뿐이다. 운이 좋으면 그런 이야기를 쓰는 와중에 그다음 장면의 실마리도 생각나는 수가 있다.

막연히 행운에 기대하는 일만은 아니다. 꿈 장면을 쓰다 보면 주인공이나 등장인물이 꿈속에서 경험할 법한 일을 상상하게 된다. 인물의 감정과 성격을 그만큼 드러내는 일이기에, 그런 일을 생각하고 글로 표현하는 사이에 인물에 대한 이해와 표현은 더 풍부해진다. 그러다 보면 이 인물이 어떤 일을 하는 것이 마땅한지, 어떤 일을 겪는 것이 어울릴지 등 쓸모 있는 고민과도 연결될 가능성이 있다.

그렇지만 이 방법은 지금껏 작가들이 너무 무의미하게 많이 썼기 때문에 아무래도 효과가 좋지는 않다.

1986년에 나온 한국영화 〈아라한〉에는 여자 주인공이 아주 처절하고 비참하게 죽는 장면이 길고 강렬하게 나온다. 즐겁고 웃긴 오락 활극을 내세운 영화에는 너무 안 어울리는 데다가 이상할 정도로 갑작스럽기도 하다. 그런데 그렇게 해놓고 보니 여자 주인공 없이 그다음의 신나는 싸움과 즐거운 모험 이야기를 도저히 이어나갈 방법을 제작진이 떠올리지 못했던 것 같다. 어쩔 수 없이 여자 주인공이 죽는 장면은 과감하게 '그냥 다 꿈이었다'고 하고 진행해버린다. 내 생각에는 일단 여자 주인공이 강렬하게 죽는 장면을 어디엔가는 넣게 될 거라고 생각하고 먼저 찍었는데, 영화를 다 만들고 보니 도저히 그 장면을 집어넣을 대목을 찾지 못해서 그냥 아무데나 끼워 '이것은 꿈이었다'고 해버린 것 같다.

같은 해에 나온 한국영화 〈투명인간〉에는 투명인간 이야기가 한참 나오다 갑자기 투명인간이 운전하던 자동차가 하늘로 날아올라 한강 상공을 비행하는 장면이 튀어나온다. 역시 왜 이런 놀라운 사건이 벌어지는지, 이게 다음 이야기에 어떻게 영향을 미치는지 도저히 이어나갈 방법이 없으니 그냥 대뜸 자동차가 날아간 것은 다 꿈이었다고 하면서 전혀 다른 장면으로 넘어간다. 내 상상으로는 자동차가 날아가는 장면을 찍을 특수효과 기술을 확보했다는 것이 너무나 기뻐서 제작진이 그냥 앞뒤 가리지 않고 그런 장면을 찍었던 것 아닌가 싶다. 그런데 막상 영화를 다 만들고 보니 자동차가 날아간다는 내용을 끼워 넣을 데가 없었기 때문에 그냥 꿈이라고 치고 넣은 것 아닐까.

이런 영화들이 평이 좋을 리가 없다. 앞뒤를 좀 더 잘 가다듬어서 인물의 심경을 드러내고 미래의 복선이 될 것처럼 꾸민다면 소설 속 꿈 장면은 이보다는 나을 것이다. 하지만 그렇다고 해도 꿈 장면으로 때우면서 뭔가가 풀리기를 기대하는 방법의 한계는 명백하다.

꿈 장면은 너무 지겨우니까, 요즘에는 환영을 보는 장면이나 계시를 보는 장면, 환상의 세계에 갔다 오는 장면, 가상현실 속 모험을 하는 장면 등으로 좀 변형하는 경우도 있긴 하다. 하지만 결국 꿈 장면으로 때우는 방법과 한 종류로 묶일 만하다.

꿈 장면으로 때우는 방법과 비슷한 부류 중에 그나마 쓸 만한 것을 꼽는다면 이야기 속에 이야기를 넣는 방법을 들겠다. 이야기를 진행하다가 주인공이 우연히 어떤 사람을 만나는데, 그 사람이 그 지역에는 유명한 전설이 있다면서 또 다른 이야기를 해주는 것이 대표적인 예다.

혹은 주인공이 우연히 옛날이야기가 쓰인 낡은 동화책을 찾는 장면으로 처리해도 좋다. 좀 더 단순한 방법으로는 그때 주인공이 '왠지 모르지만 아버지께서 어릴 때 들려준 이야기가 생각났다'고 하면서 기억하고 있는 이야기 하나를 풀어놓을 수도 있다. 그런 식으로 지금 진행하고 있는 이야기와 별 상관없이 좀 색다른 다른 이야기 하나를 풀어놓으면서 분량을 채워나가는 것이다.

이렇게 채운 이야기 자체가 적당히 재미있거나 분위기가 사는 것이면 그것으로 충분하다. 아마 그런 이야기를 하나 해놓고 나면 그 이야기에 어울리는 다음 장면, 다음 사건이 무엇이 되어야 할지 새로운 생각이 떠오를 것이다. 이야기 속의 이야기가 암시하는 것이 무엇인지 고민해보고 그것을 지금 진행하고 있는 원래 이야기에 어떻게 엮을지 궁리하다 보면 그럭저럭 다음 장면으로 넘어갈 방법을 생각해낼 수 있다.

　운이 좋으면 이야기의 전체 주제를 상징하는 환상적인 장면이 될 수도 있고, 다음 이야기의 절묘한 복선이 되거나 분위기를 멋들어지게 잡아주는 대목이 될 수도 있다. 그 정도로 운이 좋지는 않더라도 어쨌거나 분량은 채울 수 있을뿐더러 그런 이야기를 기억하고 있다거나 그런 이야기를 해준 사람이라는 점 때문에 인물 하나는 조금 더 깊어지고 구체화된다. 그러면 이야기를 풀어가는 데 도움이 된다.

　그 인물이 왜 하필 그런 이야기를 해주었는지, 어디서 그런 이야기를 들었는지, 왜 그 이야기를 기억하고 있는지 생각하다 보면 인물에 대한 비밀이 생겨날지도 모른다. 주인공이 바닷가에 도착했을 때 주인공에게 바다에 사는 용왕에 대한 전설을 이야기해준 인물이 있다면 그 인물은 그 지역에서 오래 산 사람이거나 혹은 그 지역에서 배를 타며 뱃사람들 사이에 도는 이야기를 들은 적이 있을 것이다. 그 인물이 왜 그 지역에 왔는지, 왜 배를 타는 직업을 택했는지, 그중에 비밀이 있는지, 어떤 사실을 왜 숨기고 싶어 하는지를 생각해본다.

이야기를 풀어나가다 막혔을 때 쓸 수 있는 좀 더 괜찮은 방법은 바로 그때쯤 해서 인물이 갖고 있는 비밀을 하나 풀어놓는 것이다. 완전히 풀어놓지 않아도 괜찮다. 일부만 드러내거나 일부만 암시하거나 혹은 아예 드러내지 않고 비밀을 숨기려고 노력하거나 비밀이 드러날 듯 말 듯한 위기 장면을 써도 된다. 그것이 반드시 주인공의 비밀일 필요도 없다. 이야기의 흐름에 따라서는 조역이나 악역의 비밀을 활용해도 좋다. 등장인물들을 주욱 둘러보면서 그 인물들의 비밀 중 뭘 건드려보면 좋을지 궁리하며 이야기를 풀어본다.

마땅히 풀어놓을 비밀이 없거나 그렇게 해서도 막힌 이야기가 뚫리지 않는다면 아예 확 건너뛰는 것도 방법이다. 과격한 방법으로는 '그리고 10년이 흘렀다. 그리고 누구도 예상하지 못한 상황이 펼쳐졌다'라는 말을 집어넣은 뒤 단순히 내가 보고 싶은 장면, 보고 싶은 인물들을 써나가는 것이다. 그렇게 이야기를 풀어나가면서, 도대체 10년 동안 무슨 일이 생겼기에 이런 변화가 생겼는지를 최대한 열심히 해명하려고 노력하다 보면 분량을 채우고 다음 이야깃거리를 떠올릴 수 있을 것이다. 당연히 이야기 내용에 따라서는 꼭 10년이 아니라 1년 혹은 한 달, 몇 시간 후의 상황으로 건너뛰는 것이 적합할 때도 있다.

좀 더 성의 있는 수법으로는 내가 평소에 하고 싶었던

것을 마음껏 상상해보고 그 장면을 이어 붙이는 방법도 있다. 소설 속 세상에서 내 희망, 내가 하고 싶었던 것을 한번 후련하게 해보는 것이다.

남태평양의 해변에 누운 채 수평선과 구름 모양이나 감상하면서 한 시간이고 두 시간이고 좋아하는 음악이나 듣는 꿈을 꾼다면, 그냥 그 장면을 쓴다. 그리고 그런 장면이 나올 수 있는 구실을 갖다 붙이고 이유를 만들어 이야기를 연결한다. 그렇게 해서 내가 평소에 하고 싶었던 것, 꿈꾸고 있었던 일이 마음껏 펼쳐지는 장면을 쓴다. 주인공이 갑자기 그런 처지가 되는 게 아무래도 이상하다면 적어도 다른 인물들 중에서 한 명 정도는 그런 장면으로 넘어가기에 어울리는 인물을 찾을 수 있다.

하고 싶은 일을 공상하면 즐겁고 신난다. 그런 일을 할 때, 더 구체적으로 어떤 느낌일지, 주변 풍경은 어떨지, 사람들은 인물을 어떻게 생각할지, 더 상상해본다. 그런 생각을 하면서 장면을 점점 더 풍성하게 꾸며나가면 된다. 꼭 어딘가에 여행을 가는 이야기가 아니라도 좋다. 평소 대단히 미워하던 부류의 인간에게 복수를 하는 이야기도 좋고, 누군가의 코를 납작하게 해줄 수 있는 통쾌한 상황을 상상해서 써나가도 좋다. 내가 좋아하는 사람, 좋아하는 음식, 좋아하는 장소, 좋아하는 것을 등장시켜 그게 어떤 점에서 좋은지 드러내는 장면을 쓰면서 분량을 채워도 괜찮다.

내가 하고 싶은 일을 마음껏 상상하면서 분량을 채우는 방법은 일단 글 쓰는 일을 즐겁게 만들어준다. 조금이라도 글 쓰는 의욕을 북돋아주어 하여간 다음 장면으로 약간이나마 나갈 수 있게 만들어준다. 또한 하고 싶었던 일, 꿈이 이루어지는 장면이므로 앞뒤 정황과 그 상황의 어쩔 수 없는 한계도 다른 장면보다 더 부드럽게 상상해나갈 수 있다. 그런 상상의 와중에 다음 이야기를 풀어나갈 돌파구를 찾아보는 것이다.

한동안 소설 속에는 이야기가 막혔다 싶으면 갑자기 충격적으로 누가 하나 죽었다는 소식이 튀어나오게 하는 것이 유행했던 것 같다. 자극적이고 역겨운 장면을 내던지면서 어떻게든 이야기를 버텨보려고 하는 경우도 많다고 느꼈다. 그보다야 어떻게든 내가 하고 싶은 일, 이렇게 되면 얼마나 좋을까 싶은 공상을 줄줄 늘어놓는 것이 더 나은 방법이라고 생각한다.

이야기가 막힐 때 쓰는 방법 중에 내가 가장 좋아하는 것은 '도대체 왜, 어떻게 그렇게 되었는지'를 끊임없이 궁리하고 추측하는 가운데 다음 이야기를 찾아나가는 방식이다. 어떤 사건이 벌어지면 분명히 그 사건이 벌어질 수밖에 없는 이유가 있을 것이고, 그 사건이 끼치는 영향이 있을 것이다. 놀라운 사건이 벌어졌다면 이유도 더 신기할 것이고, 더 재미있는 영향을 끼칠 것이다. 그것을 세밀하게 고민하다 보면 다음 장면을 생각해낼 수 있다.

예를 들어, 다른 사람의 몸을 치유할 수 있는 신비한 힘을 가진 사람에 대한 이야기를 쓴다고 하자. 그렇다면 도대체 무슨 원리로 다른 사람의 몸이 치유되는 것인지 상상해본다. 이 상상이 정말로 정확하거나 엄밀하게 말이 될 필요는 없다. 그냥 내 생각 속에서 조금 더 내용이 구체화되어서 어떻게 그럴 수 있나, 왜 그럴 수 있나에 답할 수 있는 정도면 충분하다.

이를 테면, 사람을 치유하는 이 신비한 힘은 다른 사람의 망가진 세포를 없애고 새로운 세포를 순식간에 만들어놓는 힘이라고 생각해볼 수 있다. 그래서 손에 칼에 베인 상처가 있으면 손상된 세포들은 사라지고 새로운 세포들이 그 자리에 생겨난다는 원리라고 상상했다. 만약 그렇다면, 세균이나 바이러스에 감염된 사람이 있다면 그 때문에 손상된 폐나 간을 되돌려놓을 수는 있겠지만 완전히 병을 치료하기는 어렵다. 이 힘은 새로운 세포를 만들 수 있을 뿐이지, 세균이나 바이러스를 없애는 것이 아니기 때문이다. 당장은 회복되겠지만 다시 세균과 바이러스가 퍼지면서 위협을 당할 것이다.

그러면 없애기 어려운 세균에 감염된 사람을 살리기 위해서는 그 사람의 장기가 부서질 때마다 계속해서 꾸준히 이 신비한 힘으로 회복시켜야 할지도 모른다. 그런 일은 너무 힘들지 않을까? 그러면 언제 포기해야 할까?

또한 이 힘으로 뇌를 다친 사람도 살릴 수는 있겠지만 그것은 새로운 뇌세포를 만드는 것이기 때문에 그 사람의 기억이나 지능이 그대로 돌아오지는 않을 것이다. 만약 누가 머리에 총을 맞아 뇌가 다 파괴되었는데, 이 신비로운 힘으로 완전히 새로운 뇌를 만들어서 살렸다면 그 사람은 새로운 뇌를 가진 사람이 된다. 이 경우 총 맞은 사람을 그대로 되살린 것이라고 보기는 어렵지 않을까? 그런 경우라도 치유해 달라고 부탁하는 사람이 있을까? 그렇다면 무슨 이유로, 어떤 심정이기에 그런 부탁을 하는 것일까? 전쟁터에서 이런 치유의 힘이 보편화된다면 서로의 뇌를 노리면서 싸움을 벌이는 방식이 퍼지지 않을까?

범죄물이나 치정극에서도 비슷한 방식으로 '어떻게'와 '왜'를 상상하는 노력은 계속해서 이야기가 나갈 길을 찾아준다. 왜 그 사람은 그런 범죄에 빠졌을까? 그냥 원래 나쁜 놈이라서? 그러면 여러 가지 범죄 중에 왜 하필 위조지폐 만드는 일에 빠졌을까? 그림, 사진, 인쇄 같은 기술에 재능이 있었기 때문일까? 어릴 때 위조지폐 만드는 장면이 있는 영화를 감명 깊게 봐서일까? 그러면 왜 하필 그 영화에 끌렸을까? 옛 연인을 도저히 잊지 못하는 인물이 있다면 그렇게 잊지 못하는 이유는 도대체 무엇일까? 자신이 예전부터 환상으로 갖고 있던 어떤 점을 하나 충족시켜주었기 때문일까? 죄책감과 연결되어 있기 때문일까? 그런 환상은 왜 생겼을까? 그런 죄책감은 왜 생겼을까?

조금 다른 응용 방법으로 어떤 사건이나 현상에 대해 한계나 부작용, 그것을 범죄에 악용하는 방법, 그런 부작용이나 범죄를 예방하기 위한 노력이나 단속하는 단체 등등을 생각해보는 방법도 있다. 어떤 기술의 발전이 점점 가속화되어서 세상 모든 사람에게 아주 싼값에 퍼지는 상황이나 지금과는 비교도 안 될 정도로 급격히 발전하는 상황을 상상해보는 것도 비슷한 방식으로 다음 이야기를 궁리하는 방법이다.

그게 꼭 첨단 기술이나 마술 같은 소재가 아니라도 좋다. 예를 들어, 어떤 뛰어난 음악가에 대한 이야기를 하는데, 그 사람의 재능이 너무나 심하게 성장한 나머지 최고의 명곡을 하루에 백 곡씩 그냥 숨 쉬듯이 작곡할 수 있다면 어떤 일이 벌어질지 상상하는 정도도 괜찮다. 다른 작곡가들이 일하는 것이 부질없다고 느끼게 되거나 그 사람을 규제하려는 움직임이 일어나는 이야기가 이어질 만하지 않은가.

이도 저도 안 될 땐
고양이 이야기를 써라

온갖 고민을 해봤는데도 정 이야기를 풀어나가지 못하고 있다면 적당한 핑계를 대고 고양이에 관한 이야기로 넘어가는 방법도 추천한다. 책을 사고 글을 읽는 사람들 사이에서 고양이는 한동안 꾸준히 인기일 듯하다. 어쨌건 고양이에 관한 내용으로 때우면 그중 일부는 나쁘지 않다고 생각할 것이다.

어떻게든
경험하고 변주해보기

- 첫 장면, 첫머리에서 눈길을 끌자.
- 그렇지만 너무 많이 사용된 자극적인 수법은 지루하니까 피하자.
- 가장 쓰고 싶은 장면부터 먼저 쓰자.
- 이야기에서 가장 재미있는 절정 장면 두 가지를 떠올리고 그중에 먼저 벌어지는 일로 시작하자.
- 이야기 속에 비밀을 만들고 활용하자.
- 비밀을 극 중의 주인공은 모르지만 독자는 알고 있는 상황을 써먹어보자.
- 내가 보기 싫은 것, 짜증 나는 장면을 메모해두었다가 피해가자.
- 일단 먼저 뭐라도 쓰고 그다음에 무슨 일이 벌어질지 상상하며 이어가자.
- 대충 어떤 구조의 이야기가 될지 미리 짜놓고 그에 맞춰 내용을 채우자.
- 너무 많이 미리 짜놓지 말자.
- 미리 짜놓은 대로 쓰다가 다르게 가는 게 더 좋을 것 같으면 과감하게 시도하자.
- 이야기가 막힐 때는 비상 수단을 쓰자.
  비상 수단 1: 꿈 장면, 상상 장면, 환상 장면을 넣자.
  비상 수단 2: 극중극, 이야기 속의 이야기를 듣거나 읽는 장면을 넣자.
  비상 수단 3: 문득 시간을 확 건너뛰자.
  비상 수단 4: 적당한 핑계를 대고 내가 지금 정말 하고 싶은 일들을 주인공이 하는 장면을 넣자.

비상 수단 5: 도대체, 왜, 어떻게 앞뒤의 사건이 생길 수 있는지 고민해보자.

비상 수단 6: 어떤 사건이나 상황의 부작용, 범죄에 악용하는 방법을 상상해보자. 그리고 부작용과 범죄의 악용을 막는 방법도 상상해보자.

• 이도 저도 안 될 때는 고양이 이야기를 쓰자.

3. 연마

아름답게 글을 꾸미는 법

아름다운 표현과 그렇지 않은 표현

첫사랑을 만나기 전까지는 사람이 얼마나 아름다울 수 있는지 알기 어렵다. 나는 아름다운 글을 쓰는 것도 마찬가지라고 생각한다. 아름다운 글을 보고 충분히 스스로 감동해보기 전에는 아름다운 글이 무엇인지 알기 어렵다고 생각한다. 그러므로 아름다운 글을 쓰기 위한 좋은 방법은 먼저 아름다운 글을 많이 읽으면서 이런 것이 정말 좋은 글이구나, 이런 것이 정말 멋진 표현법이구나 하고 스스로 깨닫는 것이라고 생각한다.

우선 무엇이 아름다운 글인지 알게 되면 아름다운 글을 쓰는 것은 좀 더 쉬워진다. 알고 있는 그것을 쓰기 위해 열심히 노력하면 되기 때문이다. 건축물의 가로세로 비율을 황금

비에 따르고, 건물 벽의 색깔과 장식을 정하는 기본적인 양식을 따라 하면 적당히 아름다운 건물을 지을 수 있지 않은가. 마찬가지로, 여러 작품을 읽으면서 아름다운 글을 발견하고 멋진 구절을 메모해둔 뒤 그것들의 공통점이나 닮은 점을 찾아내면 된다.

그런데 현실에서 막상 이런 방법을 쓰려고 하면 문제가 생긴다. 가장 큰 어려움은 아름다운 표현에 대한 기준이 저마다 다르다는 것이다. 그렇기 때문에 과연 어떤 것이 아름다운 글이냐 하는 기준을 잡기가 쉽지 않다.

문장이 아름답다고 객관적으로 평할 만한 글과 졸렬한 글을 나눌 최소한의 기준은 그나마 찾을 수 있을 것이다. 요즘 여러 사람이 입을 모아 아름답다고 칭찬하는 글을 찾는 것도 어렵지는 않다. 그런데 아름다운 문장에 대한 사람들의 평가나 선호는 유행 같은 것이어서 시간이 지나고 상황이 달라지면 바뀌기 마련이다. 인기만을 노리고 그저 그런 글을 쓰는 작가라는 평을 받던 사람이 돈을 많이 벌고 시간이 지나면 갑자기 소설계의 거장으로 높은 평가를 받는 일도 있고, 동료들로부터 어쭙잖은 감상으로 치렁치렁 아름다운 단어만 갖다 붙인다고 조롱받던 사람도 그럴 듯한 문학상을 받고 나면 갑자기 언어를 갈고닦는 데 뛰어나다며 칭송을 듣기도 한다.

1975년 발표한 박노식 감독의 영화 〈광녀〉를 보면 중간에 주인공이 악당을 붙잡아 총을 들이대고 다그치는 장면이 나온다. 그 대사의 일부를 기억나는 대로 옮겨보면 이렇다. "너희들은 사람의 탈을 쓰고 어찌 동료를 배신하고 죄 없는 노인과 여인을 짓밟고 지구상에서 없어져야 할 존재인 빨갱이들까지 돕고 있느냐. 자수를 하자. 참된 사람이 되자. 그리고 과거를 반성하며 새로운 삶을 살자!"

현실에서는 결코 입에 올리지 않을 것 같은 비현실적인 문어체에, "사람의 탈"이나 "참된 사람" 같은 살이 떨리도록 진부한 표현이 겹치고, 총을 들이대고 악당과 험한 대화를 하는 긴박한 상황을 다 말아먹는 장황함까지 어울린 기막히게 이상한 대사다. 어지간한 요즘 관객들은 이 대사가 나오는 장면에 이르면 웃고 만다.

그런데 이 영화는 1970년대에는 나름대로 제작비를 들여서 각 분야의 전문가들이 모여 제작한 영화다. 이 대사를 쓴 시나리오 작가는 아마도 이만하면 주인공의 진지함과 상황을 장렬하게 표현하고, 선악의 문제를 파고드는 영화의 심각한 면을 표출하면서도 관객들이 쉽게 이해할 수 있을 것이라고 생각했을 테다. 당시 영화계에서는 이런 대사를 쓰는 사람이 글을 잘 쓰고 좋은 표현을 쓰는 작가라는 평을 받아서 돈을 벌 수 있었다는 뜻이다.

1970년대를 살던 사람들이 아름다운 것과 그렇지 않은 것에 대해 지금과 완전히 다른 감각을 갖고 있었다는 이야기는 아니다. 그 시대에도 박경리나 박완서 같은 작가들은 〈광녀〉의 대사와는 비교할 수 없이 멋진 글을 썼다. 그 차이를 알아볼 수 있는 사람들도 많았다. 그렇지만 당장 글을 써서 돈을 벌어야 하는 입장에서는 차라리 "지구상에서 없어져야 할 존재" 운운하는 글을 후다닥 완성하는 것이 더 유리할 때가 있었다. 그때는 그렇게 쓰면 "이만하면 괜찮게 썼네"라고 평해주는 사람들이 있었다는 이야기다. 그러니 지금 사람들이 "이만하면 잘 썼다"고 말하는 기준에 따라 헤매는 것은 위험할 수 있다고 생각한다. 열심히 아름다운 글을 쓴다고 해도 몇 년만 지나면 가소로워 보일 우스꽝스러운 글을 만드느라 진땀을 흘리는 것인지도 모른다.

그나마 내 글을 맡고 있는 편집자가 해주는 충고는 좀더 유용하다. 특히 내가 쓰려고 하는 내용을 좋아하고 내 글에서 장점을 발견한 노련한 편집자라면 글을 쓰는 데 여러모로 도움이 될 때가 많다. 그런 편집자를 만났다는 것부터가 행운이다. 거기다가 작가는 글을 꾸미는 데 서툴고 편집자가 훨씬 더 좋은 안목을 갖고 있는 경우라면, 대체로 작가가 편집자의 말을 따르는 것이 더 유리하고 편집자의 충고를 최대한 반영하는 것이 좋다고 본다.

그렇지만 안타깝게도 그것이 아름다운 글을 보장해주지는 못한다. 지금 독자들이 아름답다고 생각하고 나중에 돌아보아도 아름다운 글을 쓰는 것은 좋은 편집자나 글쓰기 스승을 만나서 그 충고를 따르는 것보다 훨씬 더 어려운 문제다. 노련한 편집자와 글에 서투른 작가의 차이는 수영을 할 줄 아느냐, 모르느냐의 차이에 가깝다. 당연히 바다에 빠지는 것에 대비하려면 작가는 편집자에게 수영을 배워야 한다. 그렇지만 아름다운 글을 쓰는 일은 단순히 수영을 할 줄 아는 것을 넘어 동해를 건너가는 것에 가깝다.

결국 아름다운 글을 쓰기 위해서는 자기가 생각하는 멋진 글의 모습을 마음속에 담고 그 기준에 맞추려고 노력해야 한다. 꼭 남에게 좋은 평을 받는 글이 나에게 아름다운 글이 되는 것은 아니다. 꼭 무슨 법칙처럼 따라야 할 조건이 있는 것도 아니다. 표현이 건조해야, 혹은 단어 선택이 산뜻해야 나에게 아름다운 글이 되는 것이 아니다. 남들은 그저 웃긴 글을 잘 쓰는 작가라고 여기는 사람의 글이 내가 추구하는 아름다움이 될 수도 있다. 철 지난 옛날 문체라고 평가받는 글이 내가 따라 하고 싶은 것이 될 수도 있다.

내 경우에는 글의 내용은 마음에 들지 않지만, 그래도 그 내용을 표현하는 방식만은 참 마음에 든다 싶은 글이야말로 표현법을 배울 만하다고 생각한다. 또는 어떤 작가의 글을 특별히 여러 번 읽으면서 관찰하는 것이 유독 즐거운 경우도 있다. 이미 내용을 다 알고 있지만 글을 읽을 때 한 마디 한 마디를 다시 즐기며 글 속 세계에 들어갔다 나오는 것이 좋아서 여러 번 반복해 읽게 되는 글도 좋다. 그런 글이 아름다움의 기준을 잘 느낄 수 있는 글이라고 생각한다.

나는 이효석의 「메밀꽃 필 무렵」을 그다지 좋아하지 않는다. 그렇지만 소설 첫머리에 "여름 장이란 애시당초에 글러서"라는 리듬감 있는 말로 시작해서 장터의 풍경을 열거하며 묘사하는 도입부는 매우 멋지다고 생각한다. 그만큼 여름철 더운 날씨의 읍내 풍경과 시끌벅적하면서도 한편으로는 더위에 진이 빠져 있는 느낌을, 마치 직접 느끼는 것처럼 전해주는 대목이 또 어디 있을까.

조금 다른 이야기지만 글쓰기를 연습하기 위해 다른 사람의 좋은 글을 베껴 쓰는 것, 즉 필사는 적어도 나에게는 좋은 방법이 아니었다. 누군가는 필사가 글 솜씨를 기르는 데 도움이 된다고 느낄 수도 있다. 아닌 게 아니라 어떤 글을 찬찬히 베껴 쓰면, 그 글의 특징과 구조를 좀 더 깊이 들여다보는 기회가 될 때도 분명 있다.

그렇지만 나의 경우에는 베껴 쓰는 일에만 몰두하다가 정작 글에 대해 깊게 생각하고 상상하는 일을 방해할 때가 많고 소모되는 힘과 시간도 너무 컸다. 무엇보다 아무 생각

없이 그냥 글을 베껴 쓰기만 하는 일은 거의 도움이 되지 않았는데도, 그런 무의미한 일을 하면서도 뭔가를 손으로 쓰고 있으니까 마치 열심히 무언가를 한 듯한 착각을 일으켰다는 점이 가장 나빴다. 글쓰기를 하려면 내 글을 쓰는 것이 가장 중요한데, 그것은 하지 않고 남의 글을 생각 없이 베껴 쓰는 것만으로 '뭔가 했다'는 핑계를 주어 일을 피하고 미루게 만드는 것 같았다.

자세하게 그려라

멋진 표현을 쓰는 구체적인 방법을 소개하자면, 우선은 최대한 자세하게 쓰려고 시도하는 것이다. 그렇게 해서 어떤 상황을 전달할 수 있는 재료를 많이 모은 뒤에 그중에 정말 아름다운 것, 알맞은 것을 전체 흐름에 맞는 분량만 뽑아서 배치한다. 자세한 상황을 기억해내고 그것을 상세하게 풀어놓는 과정에서 남들이 쉽게 포착하지 못했지만 공감할 수 있는 요소를 잡아낼 수 있을 것이고, 쉽게 지나칠 만한 내용을 붙들어서 독특한 아름다움을 보여줄 수 있을 것이다.

우선은 중요한 대목, 중요한 장면을 상세하게 표현하는 데 집중하는 것부터 시작하면 된다. 중요한 부분은 길게 강조하면서 자세히 묘사하는 것이 보통이다. 그렇게 분량이 많아야 읽는 사람의 기억에 많이 남으므로 중요한 느낌을 주기도 쉽다.

그러니 중요한 대목이라면 그냥 한마디로 치고 지나갈 장면이라도 최대한 세세하게 그 순간에 대한 느낌을 많이 전달하면 된다. 그 순간에 내가 무엇을 보았고, 무엇을 들었고, 어떤 냄새가 났고, 무엇을 생각했는지 쓰는 것이다. 머릿속에서 판단한 것과 고민한 것들을 쓴다. 내 몸의 각 부위에서 어떤 느낌이 들었는지를 쓰고, 내 바로 옆에서 어떤 일이 벌어지고 있었는지를 쓴다. 그런 설명에 필요한 배경이나 과거의 일도 꺼내 덧붙여도 좋다. 그렇다고 무작정 여러 정보를 나열하라는 뜻은 아니다. 세세하게 그리면서 그 대목에서 하고자 하는 이야기를 찾아내고, 거기에 초점을 맞춰 온갖 자세한 내용을 이야기의 목적에 어울리도록 배열하는 것이다.

예를 들어, 어제 지하철역에서 집까지 걸어온 이야기를 쓴다고 해보자. 간단하게는 "어제 지하철역에서 집까지 걸어왔다"는 한 문장으로 끝난다. 실제로 어제 내가 집까지 걸어오는 동안에는 특별한 사건이나 웃긴 일 따위는 없었으므로 이렇게만 써도 표현의 부족함은 없어 보인다.

그렇지만 이 이야기를 자세히 쓰기 위해 어제 걸어오면서 본 것과 들은 것을 생각한다. 역을 나서자 귀를 스치는 바람 소리와 인도 옆을 지나는 버스 소리가 들렸다. 차가운

공기를 느꼈고, 길가에 있는 분식집을 본 것도 기억난다.

하필 분식집을 눈여겨본 이유는 저녁 먹기 전이라 출출했고 분식집에서 오징어 튀김이나 순대를 먹고 싶다는 생각을 잠깐 했기 때문이다. 한편 날씨가 추워서 걸어가지 말고 버스를 탈까 하는 생각을 했다. 가볍게 걸어갈 수 있는 거리지만 버스를 타면 걷지 않고 훨씬 안락하게 집 앞까지 갈 수 있다. 그렇지만 건강을 유지하고 살을 빼기 위해서 버스를 타지 않고 걷는 것을 원칙으로 한다.

이 정도로 생각을 펼치다 보면 이제 이야기의 초점이 나타난다. 그냥 흔한 집에 가는 길이지만, 살이 찌는 길과 건강한 습관 사이의 갈등에 대해 이야기하는 내용이 된다.

분식집을 보며 잠깐 머릿속으로 만약 분식집에 가면 무엇을 먹을지 상상했다. 그 분식집 떡볶이는 심하게 맵다는 것을 떠올리고 떡볶이는 먹지 말아야겠다고 생각했다. 그러면 어묵 하나와 튀김 몇 개 정도를 먹는 것은 어떨까. 그런데 빨간색만 갖다 붙인 좁은 분식집의 치장이 왠지 과격해 보이고 아무래도 별로 좋은 음식을 만드는 것 같지 않다는 생각도 들었다. 튀김을 만드는 기름이 나쁘면 몸에 매우 안 좋다는 이야기도 기억이 났다. 그 가게의 튀김 기름이 나쁘다는 증거는 없지만 그래도 초라한 모습을 보면 튀김 기름이 나쁠 가능성도 있지 않을까? 세상의 모든 튀김 가게들의 사진을 한군데에 늘어놓고 겉모습만 보면서 기름이 나쁠 것 같은 가게와 좋을 것 같은 가게를 나눠보라면 이 가게는 과연 좋을 것 같은 가게에 속할까? 그렇다면 튀김 기름이 좋은 가게는 어떤 모습이어야 할지도 떠올려본다. 엊그제 지나가다 본 백화점 지하식품관의 튀김 파는 곳도 기름은 크게 다를 바 없지 않나? 백화점의 이름값에라도 기댈 수 있는 가게보다 오히려 이곳처럼 튀김의 질 하나만으로 살아남아야 하는 가게가 차라리 더 좋은 곳 아닐까? 애초에 가게의 겉모습만 보고 위생과 음식의 질을 판단하는 것은 사람을 겉모습만 보고 판단하는 것처럼 나쁜 행동이 아닐까? 그것과는 좀 다른가? 애초에 기름이 나쁘면 몸의 어디에 나쁘다는 거였더라? '키가 안 큰다더라' 같은 문제라면 고등학교 때 이미 185센티미터로 자란 나는 좀 무시할 수도 있는 것 아닌가?

네 걸음 정도를 걸어 분식집 앞을 지나는 동안 나를 스치고 지나간 갈등은 그런 것들이었다. 내가 그런 생각을 한 것은 최근 살을 빼려고 꽤나 열심히 노력하다 보니 저녁으로 뭘 먹느냐가 중요하기 때문이다. 그러면서도 저녁에 분식집에 가서 값싼 음식을 즐기는 그 작은 여흥을 바랐기 때문이다. 참 좋을 것 같았으니까.

이야기는 계속 더 자세히 펼칠 수 있다. 분식집 앞을 지나는 동안 내 걸음걸이의 속도는 어땠는지, 지나친 다음에는 말끔히 잊었는지 아니면 미련이 남았는지, 무슨 냄새가 났는지, 버스를 타고 가느냐 걸어가느냐의 고민은 어떻게 됐는지, 그것이 서로 관련은 있었는지, 내 인생에서 그런 결정들은 내 성격과 과거나 미래를 얼마나 나타내는지, 순간에 대한 묘사는 더더욱 상세해질 수 있다. 별다르지 않은 늦가을, 그냥 지하철역에서 나와 집까지 걸어가는 길에 대해서도 얇은 책 한 권 분량의 글을 늘어놓을 수 있다.

만약 다이어트에 대한 글을 쓴다거나 내 의지와 식성에 관한 글을 쓴다면 이런 내용 대부분을 살려서 쓰면 된다. 분식집이나 가게가 행인을 끌어들이는 방식에 대한 글을 쓰는 중이었다면 거기에 대한 내용만 살려서 쓰면 된다. 갑자기 추워진 날씨에 대한 글을 쓰고 싶다면 지금 내가 쓴 이야기보다는 찬바람 때문에 걷기가 싫어서 버스를 타고 싶어지고 김을 뿜는 따뜻한 어묵 국물에 더 쉽게 유혹된다는 식의 이야기를 쓰면 된다. 이도 저도 아니라면 이런 대목보다는 다른 중요한 대목을 더 자세히 쓰면서, 거기서 나오는 좋은 표현들을 건져나가면 될 것이다.

간단한 상황을 자세히 쓰면서 좋은 표현을 건지는 연습은 여러 가지로 해볼 수 있다. 사랑하는 사람을 만났을 때 가슴 떨리는 그 순간, 사랑하는 사람의 모습을 최대한 자세히 쓴다면 원고지로 몇 장이나 쓸 수 있을까? 엘리베이터를 타고 건물 입구에서 꼭대기까지 올라오는 동안 무엇을 보고 느끼고 생각했는지에 대해서는 얼마나 쓸 수 있을까? 커피를 가장 맛있게 마셨을 때의 맛과 가장 맛없게 마셨을 때의 맛에 대해서는 얼마나 써낼 수 있을까?

유의할 것은 자세하게 궁리해 완성된 글로 옮길 때도 자세하고 장황하게 쓸 필요는 없다는 것이다. 자세하게 궁리한 온갖 이야기 중에서 재미나고 좋은 대목이 하나뿐이라면 다 버리고 그것 하나만 짤막하게 골라 와서 사용해도 된다.

"어제 지하철역에서 집에 걸어오는 길에 나는 분식집을 보았다. 유독 더러운 기름을 쓰는 가게였다. 그런데 그래서 오히려 더 입맛을 돋웠다. 그러나 결국 나는 더러운 기름 냄새를 맡는 것으로 만족하고 그냥 지나쳤다."

내가 전해주고 싶은 핵심이 이 정도라면, 이 네 문장만 남기면 충분하다.

모든 문장을 한 가지 좋은 기술로 열심히 매만진 것이 아름다운 글은 아니라고 생각한다. 아름다운 글은 대체로 필요할 때마다 어울리는 방법과 분량을 적용한 것이다.

이야기 전체를 뒤흔드는 충격적인 내용이라고 하더라도, 아무런 꾸밈없는 짤막한 한마디로 던질 때 더 서늘하고 비정한 느낌이 살아서 마음에 오래 남기도 한다.

내 글에서만큼은
절대 쓰고 싶지 않은 것들

아름다운 표현법을 만들어내는 또 다른 유용한 방법은 너무
나 자주 사용되는 비유나 수식을 다른 말로 대체하는 것이
다. 나는 앞의 문장을 원래 "너무나 자주 사용되는 케케묵은
비유를"이라고 썼는데, '케케묵은'이라는 말 자체가 너무 흔
한 수식인 것 같아서 빼버렸다. '케케묵은' 같은 흔한 말 대
신에 다른 말을 생각해보고 그 자리에 내가 생각해낸 새로운
말을 끼워 넣는 것이 바로 여기서 소개할 방법이다.

　'곰팡내 나는'은 어떤가? '케케묵은'보다는 덜 쓰이지만
역시 요즘 온갖 글에서 너무 많이 본 말 같다. 실제로 곰팡내
를 맡아본 것보다 '곰팡내 나는'이라는 말을 훨씬 더 많이 봤
다. 그래서 '곰팡내 나는'이라는 말을 보면 실제로 곰팡내가

머릿속에서 상상되는 것이 아니라, '곰팡내 나는'이라는 말을 갖다 쓴 글이 먼저 생각나고 '곰팡내 나는'이란 말의 뜻은 그냥 그런 글들의 느낌으로만 와닿는다.

그러면 또다시 다른 말을 상상해본다. 다른 사람이 쓰지 않고 못 보던 것일수록 좋고, 그러면서도 뜻이 쉽게 전해지는 말이면 좋다. 내가 직접 개발한 색다른 표현이면 더 좋지만, 정 떠오르는 것이 없다면 인터넷 사전을 뒤져서 유의어를 찾아보면서 힌트를 얻는 것도 좋은 방법이다. '케케묵은' 대신에 너무 오래 묵혀두었다는 느낌을 살려서 '불어터진'을 사용해보면 어떨까?

"너무나 자주 사용되는 불어터진 비유를 다른 말로 대체한다."

조금 색다른 느낌은 나지만 내가 표현하려는 의미와 같지는 않다.

주체와 객체를 바꿔보는 것도 새로운 관점을 찾기 위해 쓸 만한 방법이다. 예를 들어, 접하는 사람의 느낌에 초점을 맞춰서 '지루한'이나 '지겨운' 같은 말을 써보는 것도 괜찮다.

"너무나 자주 사용되는 지겨운 비유를 다른 말로 대체한다."

그게 아니면 형용사 대신 동사를 이용해, 혹은 반대로 동사 대신에 형용사를 이용하는 말로 바꿔보는 수법도 있다.

"너무나 자주 사용되는 하품 나오는 비유를 다른 말로 대체한다."

바꿔놓고 보니 '하품 나오는' 역시 너무 자주 사용되는 비유다.

그렇다면 과감하게 좀 장황한 묘사나 문장을 대신 쓰는 방식도 있다.

"너무나 자주 사용되는 비유라서 인터넷에서 신문 기사를 검색해보면 천 건 이상은 족히 나올 것 같은 표현은 다른 말로 대체한다."

문학적이고 감상적인 표현을 기계적이고 건조한 표현으로, 혹은 그 반대로 바꾸면서 참신한 말을 상상해볼 수도 있고, 터무니없이 어려운 말을 쓰거나 반대로 훨씬 쉬운 말을 쓸 수도 있다. 아니면 아예 그 말을 빼버리는 방식으로 진부한 표현을 피해갈 수도 있다.

정리해보면 이렇다.

진부한 표현을 대체하는 방법

- 유의어로 바꾼다.
- 표현의 주체와 객체를 바꾼 표현을 찾아본다.
- 형용사를 동사로 바꾼다.
- 동사를 형용사로 바꾼다.

- 긴 말을 짧고 간단하게 바꾼다.
- 간단한 말을 길게 바꾼다.
- 기계적이고 건조한 말을 문학적이고 감상적인 말로 바꾼다.
- 감상적이고 문학적인 말을 기계적이고 건조한 말로 바꾼다.
- 어려운 말을 더 쉬운 말로 바꾼다.
- 아예 그 표현을 빼고 앞뒤 설명으로 대체한다.

많이 쓰이는 표현, 진부한 표현이라고 해서 쓰면 큰일 나는 것은 아니다. 어떤 이는 상투적인 비유법은 절대 쓰지 않겠다고 다짐하면서 그런 표현을 단 하나도 쓰지 않기 위해 훈련한다고 말한다. 하지만 그것은 너무 고통스럽다고 생각한다. 어떻게든 참신하게 쓰려고 애쓰다가 의욕이 꺾여버려서 글을 쓰기 싫게 되고 마감을 넘기게 된다면 손해 보는 장사다. 의욕이 꺾이지 않고 글을 술술 써나가고, 읽는 사람이 봤을 때 쉽게 이해할 수 있는 글을 쓰기 위해서는, 흔히 굴러다니는 비유법으로 쉽게 때우는 게 좋을 때도 있다.

그러니 일단은 대체할 좋은 표현이 떠오르면 대체하자는 수준으로 시도하면 된다. 반드시 피해야 할 진부한 표현이란 내가 정말 싫어해서 내 글에서만은 결코 쓰기 싫은 표현들뿐이다.

　남이 쓴 글을 이것저것 읽다 보면 너무 싫은 말들이 마음속에 하나둘 생기기 마련이다. 내가 아는 어떤 사람은 '오롯이'라는 말과 '안온한'이라는 말을 너무나 싫어해서 그런 단어를 사용한 글을 읽으면 그 글을 쓴 사람의 인성에 문제가 있을 거라고 상상하기까지 한다. 그렇게 남의 성격까지 함부로 넘겨짚는 것은 괴이하지만, 다른 곳에서 자주 쓰이는 말 중에 싫은 것을 기억해두고 그것을 무슨 수로든 피해가는 방식 자체는 좋다고 생각한다.

　신문 기사에는 일부러 규칙에 맞춰 강제로 쓰라고 시킨 것처럼 진부한 표현들이 득실득실하다. 어떤 문제점을 지적하는 한마디를 소개할 때는 "~라고 꼬집었다"라는 말을 꼬박꼬박 쓰고, 위험한 일이 일어날 뻔했지만 일어나지 않았을 경우에는 "놀란 가슴을 쓸어내렸다"라는 말을 반드시 갖다 붙인다. 슬픈 일을 설명할 때에는 "눈시울을 붉혔다"고 하고, 몇 년 전부터는 누가 부정적인 감정을 가졌다는 말을 할 때 "뿔났다"는 말도 부지런하게 쓰고 있다. 열심히 준비할 때는 "만전을 기한다"라고 하고, 나쁜 소식을 전하고 상세 내역을 덧붙인 후에는 "보는 이의 가슴을 더욱 안타깝게 했다"라는 말도 꼬박꼬박 쓴다. 이 중에 지겨운 것, 나는 정말 쓰긴 싫은 것이 있다면 다른 말을 생각해내서 피해가면 된다.

2000년대 후반쯤에 작가들이 글 속에서 비정한 느낌, 생생한 사실감, 각박한 현실을 전달하기 위해 욕설을 많이 사용한다고 느낀 적이 있다. 비슷한 이유로 침 뱉는 장면을 집어넣는 작가도 대단히 많다고 생각했다. 그래서 나는 욕설이나 침 뱉는 장면을 쓰지 않고 비정한 느낌, 생생한 사실감, 각박한 현실의 분위기를 내보려고 애썼다. 단편집 『당신과 꼭 결혼하고 싶습니다』에 실린 단편소설 「달팽이와 다슬기」는 그게 잘된 사례라고 생각한다.

　　비슷한 식으로, 상투적인 말뿐만 아니라 조금 덜 알려졌지만 글 쓰는 사람들 사이에 전염병처럼 유행하는 말도 눈여겨봐야 한다. 꼭 필요하지 않은 말일 경우 지겹다 싶으면 고민해보고 피하거나 대체하는 것을 추천한다. 일상생활에서 자주 쓰이지는 않는 말인데 좀 그럴듯해 보이고 내가 다른 말로 쉽게 표현하지 못하는 애매한 것을 대충 때울 수 있다고 해서 그냥 쓸 일은 아니라고 생각한다.

　　다시 말해, 어떤 작품의 감상을 이야기하면서 "울림이 있다"는 말을 쓴다면 그 작품이 중저음 우퍼가 아닌 다음에야 정말로 나도 그 말을 따라 써야 하는지 고민해봐야 한다. "울림이 있다"는 말을 쓰면 꼭 글이 추해진다는 것이 아니라 어디선가 본 남이 쓴 표현을 따라 하는 일에는 조심스러울 필요가 있다는 이야기다.

간단하고 쉽게 쓰기

많은 사람이 글을 쓸 때 문장을 꾸미지 말고 간결하게 쓰라고 충고한다. 어떤 사람들은 간결하게 쓴 문장들만을 엮어서 감동과 감탄을 주는 것이 정말 아름다운 글이며, 화려하게 꾸민 글은 얼치기들만 좋은 줄 아는 유치한 것이라고 자신 있게 말하기도 한다. 아름다운 표현의 멋을 이제 갓 알게 된 감수성 풍부한 초보자들이 화려한 치장이 글의 핵심이라고 착각하며 요란하고 특이한 장식만 잔뜩 늘어놓곤 하는데, 그것은 허영이고 환상일 뿐이라고 외치는 사람도 있다.

그에 비해 나는 긴 문장을 싫어하지 않는다. 주렁주렁 이어지는 요란한 묘사를 즐거워하는 경우도 많다. 심하게 꾸민 글이나 감정이 휘몰아치는 글 역시 필요한 상황이 제법 있는 편이고 그런 상황에서는 그런 글만의 멋이 있다고 생각한다.

"그리움이라는 단어의 표상은 나에게 그녀의 웃는 얼굴이었으니, 이를테면 처연한 하늘빛 같은 이미지의 회상이다."

이런 글은 역시 놀림거리가 되기 십상이다. 그보다는,

"그리움이라는 말을 들으면, 나는 항상 그녀의 모습이 생각났다. 특히 그녀의 웃는 모습이 떠올랐다. 그녀는 항상 밝게 웃었지만 그런데도 차가워 보였다."

이게 나은 경우가 확실히 더 많다. 그렇지만 나는 아래 같은 말도 싫어하지 않는다.

"아무도 신경 쓰지 않는 지하철역의 시구에서도 '그리움'이라는 말 한 마디만 눈에 뜨이면 나는 그녀의 웃음을 떠올렸다. 한여름에도 아이스크림처럼 차가워 보이지만 그러면서도 항상 밝게만 보였던, 차갑고 흰빛이어서 더 밝아 보였던, 그녀의 그 웃음이 꼭꼭 생각났다."

'간단하고 쉽게 쓰기'에 대해 이야기하면서 내가 강조하고 싶은 것은 '쉽게' 쓰자는 것이다. 읽는 사람이 이해하기 쉬운 단어와 말로 글을 쓰는 것이 좋다. 물론 앞에 소개한 "처연한", "회상" 어쩌고 하는 글이 정말 마음에 쏙 든다면 까짓것 남들이 좀 놀려도 붙들고 있어도 된다는 점은 다시 밝혀둔다.

쉬운 글은 읽는 사람이 글의 내용에 쉽게 빠져들게 만들 수 있고, 시간이 지나거나 유행이 바뀌어도 우스꽝스러워지지 않고 중심 내용이 선명히 보일 가능성이 높다. 게다가 대체로 쉬운 말로 글을 쓰는 일은 글 쓰는 사람에게도 편한 경우가 많다. 멋진 단어, 남에게 내 어휘 실력이나 학식을 자랑할 수 있는 어려운 말, 한 줄만 읽으면 수준 높은 글이라는 느낌으로 읽는 사람을 겁줄 수 있는 난해한 격식 같은 것을 궁리하지 않으면 글을 쓰는 일이 좀 더 쉬워지지 않을까? 그렇게 되면 글을 쓸 의욕을 더 지켜나갈 수 있다.

다만 쉽게 쓴다는 것이 무슨 웃긴 유행어나 구어체를 쓴다는 것은 아니다. 서술 자체가 어렵거나 생각이 정리되어 있지 않으면 아무리 유행어를 끼워 넣어도 쉬운 글이 되지 않는다. 가끔 "쉽게 설명하는 ○○" 같은 글을 보다 보면 내용은 전혀 쉽게 설명하고 있지 않은데, 중간중간 속어나 유행어만 섞어 쓰면서 글쓴이 혼자 웃기고 쉽게 썼다고 즐거워하고 있는 구슬픈 경우를 본다.

그러므로 어려운 단어 대신에 대체할 수 있는 쉬운 단어를 쓰는 것, 헷갈리는 글보다는 한 번 읽으면 이해되는 글을 최대한 쓰려고 노력하는 것까지가 우리의 목표다. 무턱대고 세상만사 모든 상황을 쉽게만 설명할 수 있는 것도 아니니까. 무리를 해서 속어나 이모티콘을 끼워 넣거나, 땀 흘리는 모양을 나타는 세미콜론을 아무리 여러 번 찍는다고 해도 그것만으로 글이 쉬워지지는 않는다.

그런 면에서 내가 생각하는 간결한 문장이란 어떻게 보면 쉬운 글을 위한 수단이라고 할 수 있다. 아무래도 같은 내용을 쉬운 말로 쓰려고 하다 보면 복잡한 말보다는 간결한 말을 쓰는 편이 유리하다. 반대로 만약 화려하고 현란한 표현이 어떤 상황에서는 더 쉽게 내용을 전달할 수 있다고 생각한다면 그런 말을 택하는 것도 나는 좋다고 본다.

한편 쉬운 말로 어떤 상황을 설명하다 보면 앞서 말한 자세히 쓰는 방법으로 자연스럽게 연결되는 경우가 많다. 복잡한 것을 쉬운 말로 풀어내려면 세세하고 구체적으로 표현해야 하기 때문이다.

35년 만에 자기가 다니던 초등학교 운동장에 돌아온 상황에서 느낀 감정을 표현한다고 해보자.

"나는 그 운동장이라는 공간의 물자체가 기억의 외면과

불안의 내면을 향해 동시에 천착해가며 이루어내는 노스텔지어에 함몰되어갔다."

이렇게 쓴다면 이것은 너무나 어려운 글이다. 그러면서 동시에 길고 화려한 글이다. 이것을 쉬운 말로 쓴다면 "아련하면서도 가슴 한구석이 찡한 느낌이 들었다"고 할 수도 있을 것이다. 하지만 이렇게 해서는 진부한 표현을 그냥 베껴 쓴 것에 불과하다. 그렇다면 쉬운 말로 풀어가면서 그때 운동장에서 내가 무엇을 보고, 무엇을 생각하고, 무엇을 기억하고, 어떤 기분이 들었는지 하나하나 자세히 풀어나가는 것이 대책이 된다. 어떤 추억이 떠올랐는지, 그 추억의 어떤 부분 때문에 가슴이 떨렸는지, 그런 이야기를 풀어보면서 핵심을 잡는 것이다.

같은 상황을, 혹은 같은 말을 더 간결하고 이해하기 쉬운 글로 쓰기 위한 노력이 쌓이면 좋은 점은 그 외에도 몇 가지가 있다.

여러 종류의 글에 무난하게 잘 어울린다는 것도 빼놓을 수 없는 장점이다. 소설에도, 시에도, 신문 칼럼에도, 일기에도, 여행기에도, 전자제품 매뉴얼에도 쉽고 간명한 문장으로 된 글은 괜찮게 어울린다. 여러 사람이 대화를 주고받으며 이야기를 엮어나가는 희곡을 쓸 때도 써먹을 수 있고, 회사에서 해외출장 품의서를 쓸 때도 쓰기 좋다. 심각한 일을 전하는 글에도, 웃긴 일을 알려주는 글에도, 간결하고 쉬운 말투는 항상 나쁘지 않다.

그저 건조한 문장을 쓰는 것을 넘어서서 이해하기 쉬운 글을 쓰기 위해 애쓰는 것은 읽는 사람의 입장을 고려하려는 노력이기도 하다. 그렇게 하면 한 번 더 남의 감각과 생각을 상상하게 되고, 그런 과정에서 다른 사람을 배려하고 사람과 사람 사이에서 공통의 이해를 찾아갈 수 있게 된다. 조금 과장하자면, 이런 이유 때문에 간단하고 쉬운 글로 이야기를 꾸미려고 노력하는 과정은 거꾸로 글의 내용을 고민하는 데에 자극이 되고 도움도 된다고 생각한다.

간단하고 쉬운 말로 쓰는 것의 또 다른 장점은 남이 내 글을 고치는 일이 적어지고, 고친다고 해도 그럭저럭 적응하기 쉽다는 것이다. 많은 경우 내가 쓴 원고는 기자, 편집자, 직장 상사, 교사, 교수, 최종 집필자 등의 손을 거치며 수정되어야만 세상에 나갈 수 있다. 세상을 살다 보면 공들여 써놓은 글을 회사의 높으신 분이 좋아한다는 이유로 이상하게 바꾸는 경우도 흔하다. '선도적인', '차세대', '신개념', '위기를 기회로', '뭐는 지양하고 뭐는 지향하고' 같은 보기 싫은 표현이, 그러니까 도대체 누가 이런 말에 의미가 있다고 생각하나 싶은 표현인데, 그런 게 반드시 들어가야만 한다고 믿는 높은 분이 그런 말을 내 글에 발라버리는 때도 있다.

이런 경우에 간단하고 쉬운 말로 되어 있는 원고였다면 그나마 보기 싫은 단어가 몇 군데 끼어드는 정도로 일이 끝날 가능성이 높다. 그렇지 않다면, 내가 원래 쓴 이야기의 주제나 줄거리만 살아 있고 거의 모든 문장이 내가 딱 싫어하는 모양으로 무자비하게 바뀌는 일을 겪을지도 모른다. 그렇게 글을 뜯어고친 사람이 '네가 쓴 글은 잘못되었고 이게 잘 쓴 글이다'라는 의기양양한 태도를 취하는 것을 예의 바르게 보고 있으려면 인내를 갈고닦아야 한다.

어떻게든
연마해보기

- 내가 여러 번 읽고 싶은 글을 읽으며 무엇이 아름다운 글인지 느껴보자.
- 최대한 상황을 자세하게 쓰려고 해보고, 그중에서 좋은 것을 고르자.
- 진부한 표현, 쓰기 싫은 말을 대체하려고 해보자.
- 간단하고 쉽게 쓰자.

4. 생존

꾸준히 쓰는 힘을 기르는 법

그래도 써라!
아니다, 그러면 쓰지 말라!

내가 작가가 되어 소설 쓰는 일을 시작했다고 생각하는 시점은 인터넷 사이트에 써 올렸던 한 소설을 2006년에 MBC에서 보고 영상화 계약을 하자고 했을 때다. 그게 내 소설을 처음 돈 받고 팔아본 경험이었다. 대학교 때만 해도 그냥 재미 삼아, 취미 삼아, 가끔씩 이런저런 글을 조금 써보는 정도였다.

그러던 어느 날, 학교에서 한 소설가의 초청 강연이 열렸다. 그 작가는 널리 인정받는 분이었고, 그분의 소설을 읽어보니 나도 좋다고 느꼈기 때문에 강연에 참석했다. 그전에는 작가의 강연이나 독자와의 만남 같은 행사에 참석해본 적이 없었다. 더군다나 실제로 직업을 작가라고 말할 수 있는 사람을 만난 것은 태어나서 처음이었다. 그랬기 때문에 강연에서 작가가 하는 말을 한마디도 빼놓지 않고 귀담아들으려고 했다.

강연장에 가보니 생각보다 관객이 많아서 놀랐다. 나는 강연이나 세미나 같은 데 가면 가능하면 앞쪽 자리에 앉아서 열심히 듣고 궁금한 것이 생기면 질문도 하는 편이다. 그런데 그때는 이미 관객이 많이 와 있어서 앞쪽 자리에 앉을 수 없었다. 우리 학교에 소설에 관심 있는 학생이 이렇게 많았나 싶을 정도였다. 슬며시 주위를 돌아보니 재학생뿐 아니라 외부에서 온 사람들도 자리를 채우고 있었다.

당시 소설을 쓰는 것이 내 취미라는 생각이 조금은 있었을지 모르겠다. 하지만 조기축구회에서 축구를 하면서 축구가 취미라는 사람이나 매주 낚시 여행을 다니는 사람들에 비교해보아도 나는 소설을 그만큼 자주 쓰지는 못했고, 결과도 보잘것없을 때가 많았다.

이것저것 재미난 소설 소재에 대한 공상을 자주 하고, 가끔 나 스스로 꼭 읽어보고 싶은 독특한 소설을 쓰겠노라고 시작하는 일은 곧잘 있었지만, 쓰다 보면 점점 맥이 빠지고 귀찮아지고 처음의 의욕은 사그라져서 중간에 때려치우게 될 때가 많았다. 그러다 보니 소설을 쓴답시고 구상을 하거나, 줄거리나 인물을 짜보거나, 컴퓨터 앞에서 뭔가를 쓰는 시간이 적지 않은 편이었지만, 그럴듯한 결과로 완성되는 일은 없었다.

강연의 질의응답 시간에 나는 그런 고민을 토로했다.

"저도 나름대로 소설을 써보려고 이것저것 하고 있는데, 쓰다 보면 갑자기 의욕이 없어진다거나 처음에 마음먹은만큼 못 쓰고 중간에 흐지부지되는 경우가 많아서 고민인데요. 이럴 때 어떻게 극복하면 좋을지, 혹시 작가님께서는 어떻게 하시는지 궁금합니다."

사회와 문학, 미래와 사상에 대해 논하는 꽤 심각한 분위기의 강연이었고 참석자들도 많았기 때문에 나는 질문을하면서 좀 떨었다. 질문을 하기 전에 마음속으로 몇 번 되뇌어보고 외운 대사를 연기하듯이 말을 했는데도 최소한 두 단어 정도는 발음도 잘 못했던 것 같다. 대학 시절 나는 친구들사이에서 얼굴이 꽤 두꺼운 사람으로 통했는데, 그때는 도대체 왜 그랬는지 모르겠다. 어쩌면 내가 떨 만한 이유가 있었는지도 모르겠다. 내가 질문을 마치자 뒤쪽에서 비웃는 것처럼 낄낄거리는 소리도 들렸으니까.

그러나 작가는 내 질문을 진지한 표정으로 들었다. 그리고 질문에 대해 지금까지도 내가 정론이라고 생각하는 대답을 들려주었다. 대답하는 작가의 태도는 진지했고, 자기도항상 고민하는 내용이라면서 시간을 할애해 한참 이야기를해주었다.

그 내용을 여기에 소개해보겠다. 글쓰기가 중도에 흐지부지되거나 의욕이 떨어지면 사용할 수 있는 해결책은 크게 두 가지가 있다고 한다.

첫 번째 해결책은 '그래도 하여간 일단 써라'라는 것이다. 너무 쓰기 싫고 이래서는 안 될 것 같고 무의미한 짓인 것 같지만 그래도 일단 계속 써나가다 보면 의욕이 조금씩 되살아나는 경우도 있고, 그러다 보면 돌파구가 새롭게 열릴 때가 있다. 게다가 무슨 수를 내든 완성된 글의 모양새를 갖춰 끝을 맺어야 어디에 내보일 수 있고, 전체 글을 되새겨보기도 쉽다. 그러니 끝을 맺기 위해서라도 억지로 쥐어짜서라도 붙어 앉아 쓰라는 것이다.

두 번째 해결책은 '그러면 쓰지 말라'는 것이다. 글을 쓰다가 손을 쓸 수 없게 되거나 쓰기 싫어질 때는 잠시 묵혀두었다가 나중에 다시 보면 새로운 면이 보이면서 해결책도 보이는 경우가 많다고 한다. 게다가 억지로 쓰는 글의 품질이 좋을 리가 없다. 그렇기 때문에 잠시 쉬면서 왜 그 글을 쓰는지 어떤 방향을 갖고 있는지 돌아본다. 산책을 한다든가 다른 일을 한다든가 여행을 하면서, 얼른 다시 그 글로 돌아가서 뭔가를 끝내고 싶다는 마음이 생길 때까지 기다린다. 그러면 한결 상쾌한 마음으로 더 좋은 글을 쓸 수 있게 된다는 이야기였다.

그날 작가가 해준 이야기는 이 주제에 대한 거의 모든 내용을 다루고 있다. '그래도 써라' 방책과 '그러면 쓰지 말라' 방책 안에 내가 할 이야기도 대체로 들어가 있다.

무엇보다도 그날 작가는 질문을 한 대학생에게 자신의 진심을 들려주었다고 생각한다. 작가는 자신의 한참 뒤를 따라 오고 있는 한 얼뜨기 초보 작가 지망생을 어떻게든 잘 이끌어주고 싶은 마음을 갖고 있었다. 어쩌면 내 환상이었겠지만 그래도 그날, 글을 쓰는 사람끼리 통하는 고민 혹은 애환이 묘하게 연결되는 느낌을 받았다. 요즘 글쓰기나 소설에 대한 강연에 나가서 누군가에게 질문을 받으면 나도 질문한 사람에게 그때 내가 그 작가에게 받았던 느낌을 전해주기 위해 노력한다.

그렇지만 감동은 감동이고, 그날 나는 마음속으로 그 작가의 두 가지 방책은 완벽하기는 하지만 실용성은 떨어진다고 결론 내렸다. 나는 작가의 이야기에서 의심나는 점과 내가 동의할 수 없는 점을 되새겨보았다. 그래서 나는 '그래도 일단 써라' 방책을 중심으로 삼고, '그러면 쓰지 말라' 방책은 마지막 수단으로 묻어두는 것이 훨씬 유용한 길이라고 나름의 답을 정리했다.

그 생각은 지금도 변함이 없다. 왜냐하면 글을 쓰지 않기 위해 별별 핑계를 다 지어낼 수 있기 때문이다. 글을 쓰기 힘들어지거나 글 쓰는 것이 귀찮아지기 시작하면 마음속에서는 글을 쓰지 않기 위한 이유가 끝도 없이 피어오른다. 오늘은 시간이 너무 늦어서, 오늘은 너무 피곤하니까 글을 쓸 수 없다는, 단순하지만 말이 되는 이유부터, 이렇게 글을 못 쓸 것 같은 상황에서 억지로 글을 쓰면 졸작이 나와서 비웃음이나 살 것이고, 그러면 앞으로의 글쓰기는 더욱 힘들어질 것이라는, 구구하지만 그런대로 진지한 이유도 쉽사리 떠오른다.

그뿐 아니다. 주변에서 시끄러운 소리가 많이 들려서, 오늘 친구가 심난한 소리를 해서 기분이 나쁘니까, 장소가 너무 어수선해서, 뭘 쓸지 메모해둔 것을 집에 두고 왔으니까, 밥을 아직 못 먹었으니까, 커피를 한잔 마시지 못했으니까, 내가 글쓰기에 자주 쓰던 컴퓨터가 지금 없으니까 등 별별 사소하고 얼토당토않은 이유까지도 '그럼 오늘은 글을 쓰지 말고 내일 쓰자'는 이유가 된다. 상상력이 부족하고 틀에 박힌 글만 쓰는 고리타분한 작가들조차 '오늘 내가 글을 쓰지 못하는 이유'를 떠올릴 때는 놀랍도록 창의적인 핑계를 댄다.

나는 이런 일이 벌어지는 이유가 글을 쓴다는 것이 다른 많은 일과 달리 자기 혼자서 하는 일이기 때문이라고 생각한다.

물론 글의 종류에 따라서는 다른 사람과 협력해서 쓰는 경우도 있고, 글쓰기 외에도 혼자 해야 하는 작업은 있다. 그래도 글쓰기만큼 혼자서 해내는 일은 드물다. 같은 이야기를 영화로 만든다면 제작자, 감독, 각본가, 배우들이 어울려 내용을 꾸며나가지만, 소설로 쓴다면 대부분의 경우 혼자 앉아서 글을 쓰는 자기 손만 보며 내용을 채워야 한다. 그렇기 때문에 나 한 명만 글을 안 쓰면, 즉 내가 안 쓰면 그게 바로 글을 안 쓰는 것이 된다. 그렇게 글을 안 쓰는 길로 가는 것은 너무너무 쉽다.

그래서 나는 '그래도 일단 써라'라는 방책 하나만을 추천하고자 한다. '이 글은 당장 때려치워야 하고, 이런 글을 절대 쓰면 안 되며, 지금 글을 더 이상 쓰는 것은 범죄 행위다'라는 확신이 든 것이 아니라면 하여튼 글을 계속 써나가자는 것이다.

글을 쓰는 것이 정 어렵다면, 좋은 글을 써야 한다는 생각을 버리고 대충 쓰자!

품질을 떨어뜨려도 된다. 써서는 안 된다고 했던 상투적인 표현이나 수십 번도 더 봤던 거들떠보기도 싫은 이야기도 어쩔 수 없다면 눈 딱 감고 갖다 써도 좋다. 그렇게 해서 넝마 같은 글일지언정 하여간 써나가는 것이다. '내가 이러려고 이 글을 쓰기 시작했나' 하는 후회라든가, '이렇게 볼품 없게 쓰면 안 되는데' 하는 걱정이 들지라도 우선 대강대강 어떻게든 버텨내면서 쓰는 것이다. 양심이 있고 본능이 있다면 그런 중에도 조금씩은 덜 썩은 글을 쓰게 되기 마련이다. 그렇게 하면서 일단 이 글만 후딱 써서 마치고 그다음에 축하 파티를 하기 위해 클럽에 가든, 뷔페식당에 가서 배터지게 먹든, 스무 시간 동안 잠을 자든, 뭐든 하자는 결심으로 하여간 계획대로, 목표한 대로 밀고 나간다.

역시 우리에게는 컴퓨터와 워드프로세서라는 현대기술의 선물이 있기 때문에 이 방법은 썩 괜찮다. 일단 개떡같이 글을 써놓고 나중에 다시 되돌아보면서 찰떡같이 다듬으면 된다. 컴퓨터에 저장되는 글은 나중에 고쳐도 티가 나지 않는다.

그런데 아무것도 없는 상태에서 글을 쓰는 것보다 개떡 같은 내용이라도 뭔가가 있는 상태에서 고치고 빼고 더해나가는 것이 더 쉽다. 뭐라도 내가 써놓은 글이 있으면 대체로 쉬워져도 훨씬 쉬워진다. 구체적인 것이 눈앞에 이미 펼쳐져 있으니 목표를 세우고 일정을 관리하고 의욕을 갖기도 더 쉽다. 그리고 강연에서 그 작가가 말해주었던 것처럼, 개떡 같더라도 좀 쓰다 보면 서서히 리듬을 타게 되고 흥이 오르면서 점점 애착이 생기고 다시 좋은 글을 열심히 쓰게 되는 경우도 심심찮게 있다.

실제로 나는 2017년에 나온 장편소설 『가장 무서운 이야기 사건』을 쓸 때 어떻게든 밀고 나가는 방법의 덕을 많이 보았다.

그 소설을 쓸 때는 출판사의 기획과 출판사 대표의 의지 때문에 사회비판적인 내용이 선명하게 들어가야 했고, 친일파의 악행에 대한 내용이 반드시 들어가야 했다. 그러면서 줄거리에서 전체적으로 권선징악 구도도 어느 정도 드러나야 했다. 나는 일제 강점기를 배경으로 하는 이야기를 쓰는 것을 낯설고 불편하게 여기고 있었기 때문에 이런 제약이 힘들었다. 그러나 글을 완성하기로 한 마감 날짜는 정해져 있었고, 내 통장에는 계약금도 입금된 상황이었다.

하는 수 없이, 나는 뭐가 되었든 일단 막 써놓기로 했다. 너무 재미없고 이상하다고 욕먹어도 할 수 없다는 각오로 일단 썼고, 다 써놓고 내가 봐도 너무 심한 대목이 보이면 그때 가서 다 갈아엎는 한이 있더라도 일단 계속 붙들고 쓰기로 했다.

그런데 그 방법이 잘 먹혔다. 나중에 내용을 다듬을 때 부실한 부분을 집어내서 괜찮게 수정할 수 있었고, 글을 쓰는 도중에 두 주인공의 재미난 점과 풍부한 성격이 완성되면서 다시 글을 신나게 쓰고 싶은 의욕도 생겼다. 그러면서 이야기를 즐겁게 풀어나갈 수 있는 길도 찾아냈다.

'그래도 일단 써라' 방책을 쓰기 위해 잠시 글의 품질을 떨어뜨리고 쉽게 넘어가는 것을 두려워해서는 안 된다고 한 번 더 강조하고 싶다. 얼마든지 나중에 다시 고치면 된다.

그리고 아무리 뛰어난 작가라도, 아무리 노력한다고 해도 어차피 항상 최고로 멋진 글을 쓸 수 있는 것은 아니다. 대충 때워나간 뒤에, 나중에 고치고 또 고쳐서 수습한 정도의 글이라면 일단은 현재 내가 할 수 있는 최선이라고 믿을 수밖에 없다.

직장인과 작가생활의 겸업

작가는 가난한 직업이다. 요즘 세태가 유난히 이상해서 그런 것만은 아니다.

1920년대, 1930년대 즈음에는 유명한 작가에게 쏟아지는 인기와 사회적 존경이 지금보다 훨씬 더 강렬했다. 당시의 신문기사에 실린 묘사를 보면 그 시절, 작가에 대한 10대들의 선망은 요즘의 아이돌 스타에 대한 것과 비슷하다는 생각이 들 정도다.

그렇지만 그 시절 작가들에 대한 이야기 중에도 가난하게 살면서 끼니 걱정을 했던 일화는 넘쳐난다. 현진건이 자기 경험을 투영해서 쓴 대표작의 제목이 「빈처」다. 현진건보다 덜 유명하고 덜 성공한 작가들이 가난하게 살며 고생한 이야기는 커다랗게 펼친 신문지에 빽빽이 박힌 작은 글자들보다 흔했겠지만, 너무 흔해서 주목조차 받지 못했다.

시대를 거슬러 올라가거나 다른 나라로 가보더라도 상황은 크게 다르지 않다. 조선시대에 소설로 가장 널리 알려진 작가와 시로 가장 유명한 작가를 꼽는다면 아마 매월당 김시습, 그리고 김삿갓이라는 별명으로 유명한 김병연을 꼽을 수 있지 않을까? 그런데 공교롭게도 두 사람 다 누더기를 입고 밥을 얻어먹으러 다니며 겨우 목숨을 부지하던 시절이 짧지 않았다. 살아생전에 두 사람의 재능과 작품을 칭송하는 사람이 적지 않았는데도 그렇게 살았다.

위대한 장편소설 『모비딕』을 쓴 허먼 멜빌도 가난하게 인생을 마쳤고, 단편소설의 거장 오 헨리도 마찬가지다. 요즘에는 대중적으로도 인기 있고 동시에 역사적 의의도 인정받는 영국의 오스카 와일드나 미국의 에드거 앨런 포도 말년이 가난했고, 세계 역사상 가장 많이 낭송된 시를 쓴 중국 작가 이백과 두보의 생애를 살펴보면, 밤하늘 달의 아름다움이나 강변 풍경보다 훨씬 더 선명히 보이는 것은 굶주림이다.

푸치니의 오페라 〈라 보엠〉의 1막 첫 부분에는 한 작가가 크리스마스이브에 방이 너무 추워서 괴로워하는 장면이 나온다. 이 작가는 땔감을 구할 돈이 없어서 견디다 못해 고이 간직하던 자기 원고를 태우며 불을 쬔다. 다시 말해, 푸치니의 가장 사랑받는 오페라에서 작가라는 사람은 등장하자마자 돈이 없어 땔감 대신 자기 원고를 태우는 것으로 묘사된다.

물론 이문열이나 조정래 같은 작가를 꼽으면서 글을 써서 부자가 된 사례를 이야기해볼 수도 있을 것이다. 몇몇 방송작가나 웹소설 작가가 돈을 많이 번다는 이야기도 있다. 그런데 거지왕 김춘삼이 구걸하는 일로 성공했다고 해서 내 장래희망을 걸인이라고 할 수는 없지 않은가? 작가로서 얻는 수입은 대개는 크지 않고, 그 수입으로는 평범한 다른 사람들만큼의 생활 수준을 누리기가 무척 어렵다고 가정하는 것이 합당하다. 어지간하면 제목을 들어보았을 만한 소설을 썼고, 한때는 책이 제법 많이 팔려서 이름을 널리 알렸던 작가조차 실제로 그 사람과 친해져서 들어보니 수입이 절망적으로 적어서 놀란 경우도 왕왕 있었다.

그렇기 때문에 생계를 유지하며 밥값과 방세를 치를 돈 벌 방법을 궁리하는 것은 중요하다. 어지간히 성정이 든든한 사람이 아니라면 찬바람이 몰아치는 겨울에 당장 방에서 쫓겨날 것 같은데 꾸준히 글을 써내기란 어렵다. 나에게는 최소한 이 정도 돈은 있어야 몸과 마음이 병들지 않고 버틸 수 있겠다 싶은 금액을 일단 다른 일을 하면서 벌어야 한다. 그렇게 해야 살 수 있고, 일단 살아야 글도 쓸 수 있다.

만약 지금 직장이 없어서 일자리를 구하고 있는데 글쓰기에도 관심이 있다면, 글 쓰는 것 때문에 일자리 구하는 일을 소홀히 하는 것은 무서운 결단이다. 내가 함부로 말릴 일은 아니지만, 적어도 그런 결단을 내리기 전에 많은 고민을 해봐야 한다는 이야기는 꼭 하고 싶다. 모든 것을 미뤄두고 글만 쓰면서 어떤 공모전에 당선만 되면 마법처럼 앞으로의 인생이 해결될 거라는 달콤한 상상은 입속의 솜사탕처럼 사라지기 쉽다. 삶의 모든 것을 쏟아부으면 그만큼 좋은 글을 쓸 수도 있겠지만, 한편으로는 삶을 잘 유지해야 글에 쏟아부을 삶을 계속 꾸려나갈 수 있고, 그렇게 할 때 결국 더 좋은 글을 쓸 수 있는지도 모른다.

'전업 작가'처럼 보이는 기성 작가라고 해도 실은 학교나 문화센터 등에서 글쓰기, 문학, 장르, 스토리텔링 강의 같은 것을 맡아서 하고 있고, 그 수입이 집필 수입보다 더 많은 경우도 적지 않다. 다른 직업 없이 작가생활만 한다고 말하지만, 사실 뜯어보면 그런 일거리를 맡아 살아나갈 수 있는 경우가 많다. 그렇다면 한번 비교해볼 필요가 있다. 지금 내가 구하고 있는 직장, 지금 내가 하고 있는 일이 차라리 그것보다 나을 수도 있다. 더 안정적이고 일도 덜 힘들고 꾸준히 하면 그 경력으로 더 좋은 대우를 기대할 수 있을지 모른다.

뿐만 아니라 생계를 위한 직업이 따로 있다는 것은 글

쓰기에 다른 장점이 될 수도 있다. 가장 쉽게 떠올릴 수 있는 장점은 직장생활에서 보고 듣고 경험하는 것이 이야기의 좋은 소재가 될 수 있다는 것이다. 업계마다 사람들이 겪는 일은 비슷하면서도 다르고, 그 때문에 공감을 이끌어내면서도 참신한 이야깃거리를 잡아낼 수 있다. 직장생활을 하며 겪은 어처구니없는 일, 내가 본 환상적으로 비열한 인간, 묘하게 뭉클하고 감동적이었던 순간을 포착하고 메모해서 풀어놓으면 좋은 소설, 좋은 수필, 좋은 시가 될 가능성이 있다. 공모전의 심사평을 보면 비슷비슷한 소재의 비슷비슷한 소설이 넘쳐난다는 이야기가 제법 많은데, 내가 일하는 업계에서 겪은 구체적인 특이한 상황이 있다면 그 비슷비슷함을 뚫고 나갈 수 있을지도 모른다.

물론 전업 작가가 되기로 결심을 했고, 그렇게 해서 생활을 꾸려나갈 수 있다는 결심까지 섰다면, 다른 직업 없이 글만 쓰는 것이 안 될 까닭은 없다. 그것이 나쁜 일도 아니고 문제도 아니다. 전업으로 글을 쓰는 것이 확실히 글 쓰는 데 큰 도움이 되는 면도 있다. 나도 동감한다.

그런데 지금 '이번 공모전만 당선되면 직장을 때려치우고 차라리 글만 써서 먹고살아보겠다'고 마음먹으려는 사람이 있다면 한 가지만 더 이야기하고 싶다. 작가 일 외에 생업을 따로 갖고 있는 것은 또 다른 이상한 방식으로 글쓰기를 크게 도와주기도 한다는 사실이다. 즉 글쓰기와 별개로 직업이 있으면 사람 심리상 글쓰기가 더 즐거워진다.

시험공부를 하려고 자리에 앉아 있으면 괜히 별것도 아닌 다른 사건에 더 관심이 가고 그것이 더 재밌게 느껴지곤 한다. 별 재미도 없게 돌아가던 야구 중계 같은 것도 시험 기간에는 너무 짜릿하고 온갖 드라마로 가득 찬 것처럼 보인다. 평소에는 지루해 보이던 책도 시험 기간에 봐야 하는 교과서만 아니라면 흠뻑 빠져들 수도 있다. 학창 시절, 어떤 무슨 시험을 앞둔 저녁에 TV에서 배우 김혜수가 나오는 연속극 하나를 본 기억이 있다. 나는 그 연속극이 재미없다고 생각해서 그 전까지 단 한 회도 보지 않았고 무슨 내용인지도 전혀 몰랐는데, 시험 전날 방영되던 그 연속극 마지막 회가 너무나 재미있었다. 이미 중요한 내용은 다 진행되었고 마무리를 하는 회였는데도, 심지어 내 방에 앉아 건넛방에서 들려오는 소리만 듣고 있었는데도, 너무나 재미있어서 가만히 앉아 TV에서 나오는 소리를 줄곧 들었다.

글쓰기에 대한 태도도 이와 비슷한 경향이 있다. 반드시 글을 써야 하고, 언제까지 그 글을 쓰는 것이 내 직업이고 유일하게 할 일이라고 생각하면 아무래도 글 쓰는 것이 두려워지기 쉽다. 그것이 하기 싫은 일, 미루고 싶은 일이 되기 십상이다. 게다가 다시 한 번 언급하자면, 글쓰기는 혼자 하는 일이므로 실제로 글쓰기에서 고개를 돌리고 미루기가 너무 쉽다. 그렇지만 내 생계가 따로 있고 다른 직업이 있다면, 그 직업이 지긋지긋하게 느껴지고 생업이 너무 답답하고 하기 싫을 때마다 '아, 여유가 생겨서 느긋하게 글을 쓰면 얼마나 좋을까' 하는 생각이 마음속에서 피어날 것이다. 그럴 때 놓치지 않고 컴퓨터 앞에 찰싹 달라붙어 글을 쓰면 된다. 그러면 달콤하고 즐겁다. 의욕과 즐거움 속에서 쓰는 글은 대체로 작업도 술술 진행되고, 결과도 상쾌한 경우가 많다.

글쓰기를 하면서 동시에 생업도 유지하려면 아무래도 글쓰기와 상관이 있는 직장을 얻는 것이 좋다는 생각을 할지도 모른다. 예를 들어, 매일 글을 쓰는 신문사나 잡지사의 기자라든가, 책을 자주 접하는 출판사나 서점의 직원이라든가, 혹은 다른 글을 공부하고 연구하는 문학과 관련된 분야의 교사, 강사, 교수, 연구원 같은 직장이 괜찮아 보일 수도 있을 것이다. 혹은 좀 더 범위를 넓혀서 글로 사람을 사로잡아야 하는 홍보 담당자 같은 것도 비슷한 부류로 엮을 만하다.

실제로 그런 직업의 장점이 있기는 한 것 같다. 자기 책을 낸 사람들이나 작가로 성공한 사람들의 직업을 나열해보면 위의 직업을 가진 이가 제법 많다는 점이 눈에 뜨일 것이다. 기자 출신 소설가라든가, 출판사 직원 출신 작가들은 시대별로 한 무리를 이룬다고 할 정도로 많아 보이기도 한다.

그렇지만 꼭 그런 직업이 아니어도 나쁠 것은 없다고 생각한다. 글쓰기와 관련이 있는 직업은 장점도 있지만 단점도 있다. 회사를 위해서, 생계를 위해서 글을 써야 하다 보니 정해진 글만 쓰다가 점점 글 쓰는 개성도 굳어갈 위험성이 있고, 이미 비슷한 출신의 작가들이 많다 보니 아무래도 덜 참신한 시각으로, 비슷비슷한 글을 쓰는 것처럼 비칠 가능성도 없는 것은 아니다.

무엇보다도 일 자체가 글쓰기에 깊이 관련되어 있으면 글쓰기가 생업이 아니어서 느끼는 글쓰기의 달콤함이 덜할지도 모른다. 글을 쓰는 것이 고통스럽고 힘겨운 가운데, 고뇌 속에서 한 자 한 자에 영혼을 갈아 넣는 것도 뭐 크게 잘못된 것은 아니지만, 즐겁고 신나고 얼른 쓰고 싶어서 쓰는 글의 흥은 아주 귀중한 것이다.

그런 면에서 어떤 직업이라도 나름대로 글쓰기에 도움이 될 수 있다. 다만 글을 쓸 여유가 도저히 생기지 않는 직장은 좋지 않다. 내가 주변에서 본 바로, 직장 일 때문에 여유가 없다는 것은 실제로 낼 시간이 없다기보다는 정신의 여유가 없는 경우가 좀 더 많았다. 매주 목요일마다 마귀 같은 팀장들 앞에서 영업실적 보고를 해야 하는데, 그게 너무나 두려워서 월요일 아침부터 항상 그 고민이 가슴을 꾹꾹 누르는 생활이라면 뭔가를 바꾸는 편이 글쓰기에도, 인생에도 더 좋지 않을까.

하루에 한 시간 정도, 아니면 일주일에 주말을 포함해 다섯 시간 정도, 꼬박꼬박 시간을 빼낼 수 있으면 제법 건실하게 글쓰기를 해나갈 수 있다고 생각한다. 아침에 일어나서 운동을 하거나 자기 전에 텔레비전을 보기 위해 한 시간 정도를 낼 수 있는 사람은 무척 많다. 그 시간에 우리는 글을 쓰면 된다. 흥분해서 소리 지르는 사기꾼 같은 사업 파트너들, 기막히게 멍청한 일을 저질러놓고도 뭘 잘못했는지도 모르는 높은 분들, 가짜 웃음과 억지로 마셔야 하는 술잔이 우글우글한 직장에서 빠져나오면, 그동안 틈틈이 메모해둔 내가 쓰고 싶은 것, 그 이야기를 드디어 마음껏 쓸 수 있는 글쓰기 시간을 가질 수 있다.

그런 식으로 꾸준히 글을 써나갈 수 있다. 그러니 '은퇴하고 나면 내가 겪은 일을 열 권의 책으로 써내야지'라든가, '이번 일만 지나가고 여유가 생기면 느긋하게 내 분야에 대한 책을 한 권 써봐야지', '여름휴가 때 단편소설 하나 써봐야지'라는 식으로 미루지 말고, 쓰고 싶은 것이 있다면 오늘, 안 된다면 내일, 늦어도 오는 주말에는 시간을 내서 글을 써보는 것을 추천한다.

마감에 강한 작가 되기

이 책에서 가장 묘수에 가까운 것을 골라보라면, 아마도 지금부터 이야기할 마감에 대한 내용일 것이다.

글쓰기에서 마감 시간을 지키는 것은 중요하다. 나는 보통 사람들이 마감이 중요하다고 생각하는 수준을 넘어서서 마감이 아주 중요하다고 믿고 있다. 마감은 글쓰기의 한 축이라고 할 수 있을 정도로 중요하며, 지금 이 글을 쓰는 순간 약간 흥분된 마음에 과장해서 이야기하자면 글쓰기에서 가장 중요한 요소가 마감이라고 할 수도 있다.

원래부터 마감을 지키는 것은 중요했다. 그렇지만 내가 느끼기에는 최근 10년 들어서 더더욱 중요해졌다. 한국뿐만 아니라 전 세계적으로 상황이 많이 변했기 때문이다.

그 배경에는 바로 책과 신문이 덜 팔리고 있다는 현실이 있다. 언제 어디서나 볼 수 있는 스마트폰이 삶에서 차지하는 책의 비중을 뭉텅 가져갔고, 꼭 스마트폰이 아니라도 여가를 보내고 교양을 쌓을 방법이 크게 늘어났다. VOD나 인터넷 동영상, 사진 등을 보며 쉽게 시간을 보낼 수 있고, SNS로 연결된 관계 속에서 여가 시간은 더 잘 흘러간다. 예전에 책에 관심을 갖고 돈을 쓰던 사람들 중 상당수가 여행, 캠핑, 맛집 탐방으로 눈길을 돌렸다는 분석도 본 적이 있다.

그렇게 되면서 독서량 전체가 쪼그라들었고 글과 책을 파는 시장에 관한 그전의 상식이 통하기 어려운 판으로 변해버렸다는 점을 지적하고 싶다. 좀 과장해서 말하면 출판과 글에 관해서는 더 이상 수요와 공급의 법칙이 다른 영역처럼 통하지 않는 것 같다.

부실한 글은 세상에 많고, 좋은 글은 드물다. 그런데 사람들은 좋은 글을 읽고 싶어 한다. 수요는 많고 공급은 적으니 좋은 글의 가격은 높게 책정된다. 그러므로 좋은 글을 쓴다면 많은 돈을 벌 수 있다. 이것이 우리가 쉽게 떠올릴 수 있는 수요와 공급의 법칙이다.

그런데 글을 읽는 사람이 너무 적다면 어떻게 될까? 혹은 글을 읽는 사람은 제법 된다고 하더라도 돈을 지불하고 글을 읽는 사람은 극히 적다면 어떻게 될까? 극단적으로 전

세계에 글을 읽는 사람이 단 한 명뿐이라면 어떻게 될까? 그렇게 되면 좋은 글일수록 많은 사람이 읽으려고 한다는 경향이 사라지게 된다. 단 한 명뿐인 사람이 읽는 한두 편의 글이 이 세상에 나와 있는 하고많은 영역, 하고많은 작가의 글 중에 최고의 글을 정확히 골라낸 것일 가능성은 아주 낮다. 그보다는 우연히 이 사람의 눈에 뜨인 글, 혹은 마침 관심 갖게된 주제를 다룬 글, 친구에게 한번 들어본 글일 것이다.

그러다 보니 과거에 우리가 뛰어난 작가, 훌륭한 글이라는 기준으로 평가하던 글보다 전혀 생각하지도 못했던 다른 이유로 팔려나가는 글이 더 돈이 되는 경우가 많아진 것같다. 심도 있는 성찰보다 우연히 시류에 맞는 화제를 마침다룬 글이, 재미있는 내용보다 어느 연속극에서 주인공이 집어 들어 화면에 제목을 비춰준 책이 훨씬 더 잘 팔리는 것처럼 보이기도 한다.

이런 상황은 혼란스럽다. 하지만 여기에는 새로운 가능성도 있다고 생각한다. 전통적으로 내려오는 잣대에 따른 '좋은 글'이 아니라 새롭고 독특한 글이 주목받을 가능성도조금은 높아지지 않았나 싶다. 단순히 유명 작가를 '잡는 것'이 아니라 독특한 기획으로 가능성을 발견할 기회가 된다는생각도 가끔 해본다. 아닌 게 아니라, 이런 변화가 아니었더라면 나처럼 딱히 무슨 거창한 문학상이나 공모전에서 입상을 한 것도 아니고, 그렇다고 무슨 소재 하면 딱 떠올릴 만한 글을 자주 쓴 것도 아닌 사람이 지금처럼 책을 내고 작가가 될 기회도 없지 않았을까.

바로 이런 상황에서 마감이 상대적으로 더 중요해졌다고 느낀다. 유명하고 화려한 경력을 가진 작가가 정말로 힘을 기울여 훌륭한 글을 쓴다고 해도 그것이 돈으로 연결될 가능성은 과거보다 더 떨어졌다. 그런데 만약 누군가 마감을 어긴다면, 그것은 상황을 완전히 뒤엎는다. 지면이 비게 되면 전체 구성이 어그러지고 판매할 내용 자체가 없어진다. 담당자는 곤혹을 치르고 출판사 편집진은 모두 애가 탄다. 인터넷 사이트에 광고와 함께 뭐라도 실려야 돈이 되는데 실을 것이 없어진다. 정기적으로 올라갈 글이었다면 갑자기 글이 끊겨서 업데이트를 못 하게 된다. 업데이트가 뜸해지는 것은 그곳에 사람들이 덜 오게 되는 결정적인 요인이 된다.

다시 말해, 좋은 글을 쓰건 나쁜 글을 쓰건 요즘같이 판이 바뀐 형국에서는 그것이 출판사나 언론사의 장사에 미치는 차이는 과거보다는 줄었다고 느낀다. 그러나 마감을 어기는 것은 치명적인 문제가 될 수도 있다. 그렇기 때문에 마감의 중요성은 과거보다 상대적으로 더 커졌다고 본다.

글을 부탁하는 쪽에서는 마감을 잘 지키는 사람이 점점 더 소중해지는 것 같다. 그러니 작가로서 '누구에게 글을 맡기면 마감을 어기지 않고 항상 맞춰서 글을 써주더라', '믿을 만한 작가다'라는 평판을 얻을 수 있도록 해야 한다. 좀 억지를 쓰자면, 글의 질을 높여 좋은 글을 쓰는 것은 그냥 나 자신이 즐겁고 보기 좋으니까 그렇게 하는 것이고, 독자와 출판사를 위해서 내가 해야 할 일은 마감을 맞추는 것이라고 볼 수도 있다. 이런 시각도 그리 이상하지는 않다고 생각한다.

마감을 처리하는 것이 직원들의 정신을 쥐고 흔드는 번민이 되기도 하는 잡지사나 신문사 같은 곳에서 이런 경향은 더 뚜렷해 보인다. 나는 몇 년 전 잡지 《에스콰이어》에 몇몇 작가들과 함께 소설을 실었다. 그때 담당 편집자는 처음으로 저자들에게 단체 이메일을 보내면서 무엇보다도 마감이 중요하다고 당부했고, 자신은 마감 달성을 위해 힘을 다하겠다고 선언했다. 그러고 나서 편집자는 이메일 말미에 "제 청탁을 수락하신 순간 여러분은 멈춤 버튼 없는 컨베이어 벨트에 올라탄 겁니다 ^^"라는 말을 썼다. 이모티콘으로 덧붙인 '^^' 기호는 웃는 눈을 표시한 것이었겠지만 나에게 그것은 눈물을 흘리는 모습처럼 보였다. 그리고 편집자는 마감이 어긋난다면 심지어 마감을 어긴 저자의 글은 빼버리고 다른 방법으로 지면을 때울 대책도 고민하고 있음을 알렸다.

덧붙여 강조하고 싶은 것은 출판사나 글을 부탁하는 쪽에서 일방적으로 제시한 마감이라도 반드시 지키라는 뜻은 아니라는 점이다. 얼토당토않은 시일을 마감으로 제시하면 과감하게 거절하는 것도 매우 중요하다.

밤샘을 계속하고 건강을 훼손해가면서 억지로 지키는 마감은 한 번은 맞출 수 있을지 모르지만 계속해서 지킬 수는 없다. 마감은 지켜야 하므로 그렇게 일을 해서는 안 된다. 내 시간과 건강을 고려하고, 일하는 방식, 우선순위, 계획을 따져보고 지킬 수 없는 마감은 거부하거나 그 기간은 어렵지만 언제까지는 할 수 있겠다고 다시 제안할 줄 알아야 한다. 그렇게 일거리와 시간을 예상하고 안배하고 실천해내는 것이 바로 마감의 핵심이고, 심지어 글쓰기의 핵심이다.

2010년대 초반까지만 해도 나 역시 마감이 이 정도로 중요한 줄 몰랐다. 마감 날짜가 원체 헐렁해서 별로 고민할 일도 없었거니와 써도 그만 안 써도 그만인 식의 글이 많이 주어져서 마침 쓰게 되면 쓰고 중간에 귀찮아지면 '이번 달은 워낙 일이 많았으니까', '요즘 술을 많이 마시고 다녀서 워낙 힘들었으니까' 따위의 핑계로 슬쩍 마감을 넘기고 '안 써도 그만' 쪽을 택하는 때도 많았다. 어떤 작가가 마감을 넘기고 잠적해버리자 잡지사 직원들이 수색 끝에 잡아내서 호텔방에 가둬두고 글을 쓰게 했다거나, 미루다 못해 인쇄소까지 작가가 따라가서 글을 쓴 적도 있다거나 하는 몇십 년 전의 이야기는 살짝 낭만적인 재미난 일화 정도로 생각했다.

그러나 알고 보니 그렇지 않았다. 아름다운 문장에 강한 작가가 되는 것도 좋고, 처절한 리얼리즘에 강한 작가가 되는 것도 좋지만, 나는 마감에 강한 작가가 되는 것만큼 좋은 것은 없다고 생각한다. 좋은 글의 기준은 사람마다 다르고, 어떤 글이 잘 팔리는지에 대한 예상도 사람마다 다르며, 어떤 소재와 주제가 바람직한 것인지도 사람마다 다르다. 하지만 마감은 누구에게나 공평하며, 마감은 누구에게나 같다. 그 때문에 우리가 언제나 믿을 수 있는 것은 마감밖에 없으며, 유행이 지나고 세상이 바뀌는 중에도 우리가 항상 중시해야 하는 것이 마감이다.

나만 이런 생각을 하는 것도 아니다. 나는 '이렇게 해야 글을 더 잘 팔 수 있겠지'라는 어쩌면 얍삽하게 궁리한 까닭으로 마감을 중시하고 있다. 그런데 그런 계산이 아니더라도, 많은 작가가 한 분야의 전문가이자 직업인으로서 시간 약속을 지키는 것을 기본 의무라고 여겨 마감을 중시하고 있다. 일전에 《경향신문》의 한 칼럼을 돌아가면서 세 명의 작가와 연재한 일이 있었다. 그때 나는 마감을 잘 지키기 위해 연초에 6개월 치 글을 미리 써두었다. 마감이 다가올 때마다 하나씩 풀어서 신문사에 보내면서 나는 자신만만해했다. 그런데 나중에 알고 보니, 다른 작가들도 같은 방식으로 미리 글을 한 무더기 써서 쌓아두고 있다.

아직까지 돈을 받고 글을 써서 넘기는 원고 청탁이나 계약을 하지 못한 사람에게조차도 역시 마감은 중요하다. 그런 경우에도 언제까지 무슨 글을 쓴다거나 하루에 얼마만큼씩 글을 쓴다는 마감을 스스로 정해놓고 지키기 위해 노력하기를 추천한다. 공모전이나 투고를 준비하고 있다면 공모전 마감을 며칠 앞두고 밤새 몰아서 쓸 것이 아니라 계획대로 일이 흘러갈 수 있도록 시간 계획을 짜서 최대한 실천하는 것이 중요하다. 취미로 재미 삼아 틈틈이 일상이나 경험에 대한 글을 쓰고 있다면 어떤 주기로 최소한 어느 분량의 글을 쓰겠다는 원칙을 세우고 그것을 지키는 것이 중요하다.

그렇게 혼자 세운 계획을 지켜나가는 것은 어렵다. 그렇지만 그것은 마감과 마찬가지로 글쓰기에서 중요한 요소다. 언젠가 돈을 받고 책임감을 갖고 글을 써야 할 때가 되면 이때 쌓은 경험이 결과의 양과 질을 좌우한다. 엄청나게 좋은 글을 쓰기 위해 일정을 자꾸 어긴다면 어떻게 될까? 글을 쓸 마음이 들 때까지 기다리고, 날씨나 주변 환경이 글쓰기에 알맞을 때까지 기다리고, 내 마음을 어지럽히는 일이 잊힐 때까지 기다리고, 잠이 덜 깬 느낌이 사라질 때까지 기다리고, 오후의 식곤증이 사라질 때까지 기다리고, 밤이 될 때까지 기다린다고 해보자. 그러느라 마감을 어기는 것은 비극이다. 그렇게 마감까지 어기고 쓴 글이 과연 『안나 카레니

나』나 『해리포터와 마법사의 돌』인가?

어떤 사람은 두꺼운 명작소설 한 편을 던져주고, 그 소설을 두 번 필사하고 나면 느끼는 바가 있고 습관이 드는 것이 있어서 글쓰기가 한결 좋아질 것이라며 글쓰기 연마 방법을 추천하기도 한다. 하지만 만약 나에게 누구에게나 좋은 글쓰기 연마 방법을 추천하라면, 차라리 길고 짧은 글들을 미리 마감을 정해두고 기한에 맞춰 쓰는 것을 몇 번 해보라고 추천하겠다. 그러면서 자신이 시간을 어떻게 안배하는지, 분량을 어떻게 조절하는지, 갑자기 글쓰기가 싫어지면 어떻게 대처해야 하는지 경험하다 보면 글쓰기를 연마할 수 있다.

영화 감상문이라면 '정말 재미있었다. 나중에 좀 더 자세한 감상문을 올리겠다'라고만 하지 말고 스스로 마감을 정해놓고 3일 내에 혹은 주말까지, 뭐가 되었든 영화 감상문을 완성해서 올리자. 서울 시내의 아름다운 건축물에 대한 글을 쓰고 싶다면 실제 건물을 답사하고 나서 답사 당일에, 만 하루 내에, 혹은 일주일 내에 글을 쓰자고 마감을 정해놓고 거기에 맞춰서, 그것을 꼭 지키려고 애쓰면서 글을 써보자.

조금 다른 이야기지만, 마감을 앞두고 벼락치기를 하거나 마감을 지키는 일의 스트레스를 토로하면서 "힘들다", "괴롭다"라고 SNS 등을 통해 토로하는 사람들 중에 은근히 자랑하고 뽐내기 위한 의도를 갖고 있는 경우가 있다는 것을 최근에 알게 되었다. 얼마 전까지 자기와 비슷한 처지였던 동료 작가 지망생들에게 '나는 요즘 진짜 작가가 되어서 이렇게 열심히 일하고 있단다', '이제 진짜 작가 같아 보이지?', '나는 이렇게 바쁘고 힘들 만큼 나를 찾아주는 사람이 많고 일거리가 많은 상황이 되었단다'라고 암시해서 뽐내고 싶은 마음으로 "아, 마감 때문에 너무 힘들다"는 글을 올리는 사람들이 있다는 것이다.

그런 행동은 하지 않았으면 좋겠다. 만약 지금이 조선 시대였다면 그런 행동은 부정 타는 짓이고, 글쓰기를 관장하는 신령들 중에 가장 무섭고 강하다는 마감의 신령을 노하게 하는 짓이다. 마감의 신령이 실제로 세상에 있는 것은 아니지만, 그런 식의 '자랑을 위한 한탄'을 하는 것은 많은 일 때문에 정말로 괴로워하는 사람들에게 폐를 끼치는 행동이다.

그런 행동은 쓸데없이 남의 질투와 시기를 살 뿐이지 않을까? 자랑은 진심으로 자신의 행복에 공감할 수 있는 부모 같은 사람들 앞에서 하는 것으로 충분하다. 홍보를 위해서 꼭 자랑을 해야 할 상황이라거나 자랑하고 싶은 마음을 도저히 견딜 수 없어서 참고 또 참아도 너무나 자랑하고 싶다면 그냥 대놓고 즐겁게 자랑하는 편이 낫다.

제대로 한 편을 마무리해보기

2012년 7월, 나는 부천 국제판타스틱 영화제에서 주최하는 행사에 초청받았다. 한 단편집에 작품을 실은 작가들을 초청해서 독자들과 문답을 주고받는 행사였는데, 나도 그 단편집에 소설 한 편을 실었기 때문이다. 비가 부슬부슬 오다가 말다가 해서 조금 시원해진 것 같은 여름 길을 걸어 행사가 열리는 부천시청에 갔다. 영화제에 관한 포스터가 크게 붙어 있고 이것저것 전시물도 있어서 '내가 이런 곳에도 초대되었구나' 하고 좋아했던 기억이 난다.

　행사 시간이 되어 대여섯 명의 작가들이 가지런히 차려놓은 의자에 앉았다. 맞은편에는 서른 명쯤 되는 독자들이 앉아 있었다. 그리고 질문을 주고받기 시작했는데, "마감을 어떻게 지키느냐?"라는 한 독자의 질문에 어느 작가가 대답을 하려다 말고 갑자기 "곽재식 작가님은 어떻게 하느냐?"고 말을 돌려서 당황했다. 그때만 해도 마감의 중요성을 제대로 깨닫지 못했던 때라 "때로는 개같이, 때로는 정승같이 마감을 지키려고 한다" 어쩌고 하는 이상한 대답을 했다. 그리고 사회자가 갑자기 작가들에게 "자기 책이 천만 권이 팔려서 갑부가 되면 뭘 할 거냐?"라고 물었는데 멋있는 대답을 하려고 이런저런 궁리를 하다가 말을 막 더듬었던 부끄러운 기억도 있다.

그 밖에도 어떤 독자가 나를 보고 고개를 살짝 숙이며 멀리서 인사한 것 같아서 나도 답례로 고개를 숙였는데 자세히 살펴보니 내가 아니라 내 옆에 앉은 다른 작가에게 인사한 것이어서 무척 심도 있게 민망했던 것이라든가, 점심 안 드셨으면 드시라고 주최 측에서 왜인지 단팥빵을 아주 넉넉히 나눠 주었는데 그 덕분에 나는 단팥빵을 여러 개 받아 집에 들고 왔다는 등 아무 쓸데없는 기억도 지금 문득 떠오른다.

훨씬 쓸모 있는 기억으로는 작가 지망생이나 취미로 글을 쓰는 초보자들에게 해주고 싶은 조언에 대해 이런저런 이야기가 오고 가다가 나온 말이 있다.

"장편이든 단편이든 한번 시작한 글은 어떻게든 모양을 갖춰서 끝을 맺어보려고 해보세요."

정확히 누가 한 말인지 분명치 않은데, 아마도 박애진 작가가 아니었나 싶다.

정작 내가 그날 조언이랍시고 무슨 이야기를 했는지는 잊었다. 그렇지만 그 이야기가 나왔을 때 '맞아, 나도 그렇게 생각해' 하고 속으로 강하고 깊게 동의했다는 것은 잊지 않았다. 나는 그 말이 좋은 충고이며 현실적으로 도움이 되는 말이라고 생각했고, 지금도 그 생각은 거의 바뀌지 않았다.

거창한 글을 쓰겠다고 시작했다가 무슨 글을 쓸지 계획을 세우며 이런저런 개요나 줄거리를 짜거나, 앞부분을 조금 쓰다가 때려치우고 마는 일은 아주 흔하다. 나 역시 아직까지도 가끔 그럴 때가 있다. 지금 내가 이 원고를 쓰고 있는 컴퓨터에도 앞부분 몇 페이지만 쓰다가 그만둔 소설이 몇 편이나 버려져 있는지 모른다. 땅속에 심은 씨앗이 자라나 꽃을 피워야 하는데 그러지 못하고 그저 언젠가 미래에 피어날지도 모른다는 기대만 하면서 계속 캄캄하고 차가운 흙 속에 있는 갇혀 있는 것처럼. 어떨 때는 버려진 소설들이 불쌍하다고 느낀다.

나는 글을 쓰는 실력은 글 하나를 마무리 지을 때 껑충 늘어난다고 본다. 4분의 1만 쓰다가 때려치운 글 열 편을 쓰는 것보다 제대로 결말을 지은 글 한 편을 쓰는 것이 더 실력을 키우는 데 도움이 된다고 느낄 정도다. 좀 더 과감하게 이야기하면, 책 한 권짜리 분량이 될 긴 글 하나를 절반쯤 쓰다가 그만두는 것보다, 차라리 잡지 몇 페이지에 실릴 짧은 글 세 편쯤을 확실히 완성하는 것이 더 좋은 경험이라고 생각한다.

글 한 편을 마무리 짓는 일을 몇 차례 하다 보면 그러지 못하면 깨달을 수 없는 귀중한 것들을 깨달을 수 있다. 내가 어느 정도 분량의 글을 쓰는 데 어느 정도의 시간이 걸리는지, 글의 앞부분, 중간부분, 끝부분을 쓰는 일 중에서 어느 대목에서 가장 힘겨워하는지, 마감을 대하는 나의 태도는 어떠한지, 글을 쓰는 중에 어떤 일이 생기면 가장 방해받는지, 처음에는 의욕적으로 시작해서 얼마 정도 지나면 시들해지는지, 어쩌다가 의욕이 사그라지는지, 사그라진 의욕을 극복하는 것이 얼마나 힘든지. 그런 것들을 경험하고 반성하며 돌아볼 수 있다. 이런 것들은 사람마다 다 달라서 직접 경험해 보기 전에는 알기 어렵고, 알 수 없으니 대책을 세우기도 어렵다.

거기에다 마무리된 글에는 운이 좋으면 어디에 팔아먹을 수 있다는 장점 한 가지가 더 있다. 미완성인 글을 팔기는 대단히 어렵다. 슈베르트가 작곡한 교향곡 정도가 아닌 다음에야 미완성인 작품을 남에게 판매하기는 쉽지 않다. 그것도 절반이나 3분의 2쯤 완성된 것이 아니라 앞부분만 조금 만들어져 있는 것을 누군가에게 돈을 받고 넘기는 것은 매우 어렵다. 글을 쓰다가 쓰기 싫고 마음에 안 들어서 때려치웠다면 분명히 초반에 관뒀을 것이기 때문에 팔기 어려운 상황이 된다.

그러나 마무리된 글이라면 누군가 새로운 글을 찾고 있다고 할 때, 어딘가에 공모전이 있다고 할 때 보낼 수 있다. 좀 못 쓴 글일 수도 있고, 좀 잘 쓴 글일 수도 있겠지만, 하여간 마무리된 글이라면 보내서 팔 수 있는 가능성이 있기는 있다. 글이 미완성이라서 아예 보내지도 못하는 것에 비해, 마무리된 글이라면 가능성이라는 면에서는 전혀 다르다.

세상 돌아가는 것은 종종 우습기 마련이라 살다 보면 그냥 적당히 지면을 때울 수 있는 글을 급하게 구하는 곳도 아주 가끔 있다. 그런 곳에서는 글이 재미가 있든 없든, 보람찬 내용이건 한심한 내용이건 간에 분량이 맞고 마무리된 글이라면 괜찮다고 한다. '뭐 대충 그냥 싣지 뭐. 요즘 이런 거 누가, 몇 명이나 읽어보겠어?'라는 식의 지면이 아주 가끔 세상에는 나타난다. 관공서나 대기업에서는 그저 '소식지를 찍어냈다'고 상부에 보고하기 위해 무슨 무슨 협회 소식이나 무슨 무슨 위원회 회보 같은 제목의 소식지를 찍어서 관계기관 사무실에 높다랗게 쌓아놓았다가 며칠 지나면 인근 폐지수집 노인의 일거리를 만들어주는 것으로 끝나는 일도 없지 않다. 그런 곳을 포함해서 의외로 쉽게 글을 팔 수 있는 곳을 아주 가끔 만나게 된다. 마무리만 되어 있다면.

꼭 돈을 받고 팔지 않더라도 끝맺어진 글은 누군가에게 내가 이러이러한 것을 썼노라고 보여주기에도 좋다. '요즘도 글을 쓰느냐?'고 누가 관심을 보였을 때 대충 쓰다가 만 글 앞부분을 삐죽 보여주는 것보다야 짧더라도 완성된 글을 보여주면 관심을 끌기도 좋고 끝까지 다 읽고 제대로 된 평을 듣기에도 좋다.

마무리된 글을 여러 편 쌓아놓으면 듬직하고 뿌듯한 느낌을 맛볼 수 있다. 그 뿌듯함은 참 좋은 감정이다. 그 뿌듯함이 있으면 예전에 쓴 글을 다시 보면서 잘했던 점과 잘못했던 점을 되새기는 일도 좀 더 즐거워진다.

마무리 지은 글이 여러 편 있으면 기회가 생겼을 때 쌓아놓은 글 중에 적당한 것을 골라 팔아먹기는 더욱 좋아진다. 나는 지금까지 120~130편 정도의 단편소설을 썼고, 영화 감상문을 올리는 웹사이트를 시작한 후로 그곳에 680편 정도의 영화 감상문을 썼다. 처음 단편집을 출판했을 때도 출판 제안을 받고 나서 내가 몇 년간 완성해두었던 단편소설들을 모아서 보여주며 "이걸 출판하자"고 해서 성사되었다.

그러므로 글을 한번 쓰기 시작하면 어쩔 수 없는 경우

가 아니면 그것을 마무리 짓기를 권한다. 그렇게 하기 위해서 가장 쉽게 사용할 수 있는 방법은 일단 짧은 글을 쓰는 것이다. '대한민국 전국 팔도 방방곡곡 여행기'를 쓰겠다고 일을 벌이지 말고, '경기도 여행기'를 쓰는 것으로 시작하라는 말이다. 경기도 여행기보다는 '안성시 여행기'가 더 나을 수도 있다. 아직 경험이 부족하고 긴 글에 매달려 마무리를 지을 엄두가 나지 않는다면 더 짧은 글을 써서 끝내는 것을 목표로 삼아도 된다. 안성시 여행기를 쓰는 대신에 '이죽면 매산리'에 있는 커다란 돌 조각상을 찾아가 구경한 일 한 가지만 써서 마무리해도 된다.

처음 소설을 쓴다면 단편을 쓰는 것부터 시작하는 것이 역시 편하다. 200자 원고지 80매나 100매 정도가 평범한 단편 소설의 분량이지만 엄두가 나지 않는다면 더 짧게 출발하는 것도 괜찮다. 한 페이지 안에 짤막하게 끝나는 엽편소설이나 내가 정말 쓰고 싶은 핵심 생각만 간결하게 담은 글도 마무리를 지어 꼴을 갖춘다면 부질없는 짓은 아니다. 재미를 갖고 내용에 빨려 들도록 글을 구성하고 말을 아름답게 꾸미기 시작하면 분량이 처음 생각한 것보다 늘어나는 일은 아주 흔하다.

짧은 글이 읽기 편하고 읽는 데 시간도 짧게 걸린다는 점은 다른 측면의 장점이다. 아직 유명한 작가도 아니고 내가 좋은 글을 쓰고 있다는 소문도 나지 않았다면 400페이지 짜리 책 네 권 분량의 글을 읽고 평가해주거나 좋은 내용이라고 주위에 퍼뜨려줄 사람은 많지 않을 것이다. 그렇지만 출퇴근길에 스마트폰으로 휙 읽을 수 있는 짧은 글이라면 읽히기 좋다. 따분해서 뭐 재미있는 것 없나 싶어 인터넷 사이트 이곳저곳을 돌아다니다가 잠깐 읽을 수 있을 것이다. 그런 분량의 글이라면 비록 이름 없는 사람이 쓴 글이라도 한 번쯤 눈에 뜨일 수 있고 읽힐 수 있다.

단, 출판사들은 단편집보다는 장편소설을 더 찍어내고 싶어 한다. 몇몇 예외를 제외하면 인터넷소설 연재 사이트들도 단편보다는 장편 연재를 주력으로 하는 경우가 더 많다. 아예 몇 권, 수십 권 분량으로 이어지는 기나긴 소설 연재가 핵심이 되는 곳도 적지 않아 보인다. 다른 분야의 글이라도 책 꼴을 갖춰 어느 정도 분량이 되어야만 어떻게든 장사를 해볼 수 있다고 하는 경우가 많다.

이럴 때 쓸 수 있는 방법은 부분 부분 쪼개어 짤막짤막하게 글을 쓰되 그런 글을 모으거나 이어 붙이면 꽤 커다란 덩어리가 되도록 짜놓는 방법이다. 예를 들어, 경기도 안성시 여행기를 먼저 써서 짧게 끝내고, 그다음에는 경기도 수원시 여행기를 써서 또 끝내는 것이다. 이렇게 해서 짧은 글을 아홉 번 마무리 짓는다. 그런 다음에 일정한 차례로 배열하고 적당히 말을 덧붙여서 부드럽게 이어나가면 마침내 책 한 권 분량의 '경기도 여행기'를 완성할 수 있다. 같은 방식으로 '충청북도 여행기', '충청남도 여행기' 등을 꾸준히 완성해나가면 언젠가는 '대한민국 여행기'를 완성할 수도 있다.

교과서나 지침서 같은 것을 집필하려고 마음먹었을 때도 마찬가지다. 30년 동안 현장에서 일한 모든 경험을 녹여 '초급 영어회화'라는 책을 쓴다고 해보자. 처음부터 차곡차곡 '영어회화의 뜻', '영어라는 언어의 특성'부터 차례로 써나가면서 전체 내용을 다 써서 책을 완성하는 일은 너무 힘들다.

대신에 우선 범위를 좁혀 쓰고 싶은 내용을 선택해서 짧은 글을 써 마무리 지으면 편하다. '영어회화를 위한 자신감을 기르는 법', '단어 암기법', '쉬운 단어 돌려쓰는 법'과 같이 그것만 떼어내서 읽어도 한 덩어리의 재미난 글이 되도록 한 토막씩 쓰면 된다. 기왕이면 글 쓰는 순간이 즐겁고 흥겹도록 내가 가장 쓰고 싶었던 것, 평소에 가장 사람들에게 전해주고 싶었던 것부터 쓰는 것도 좋다.

그렇게 작게 토막 친 글들을 하나씩 하나씩 마무리 지은 뒤에 다 모아놓으면 그게 바로 '영어회화의 모든 것'이라는 책이다. 여차하면 작은 토막들을 쓰는 도중에 하나하나 분리해서 잡지 칼럼이나 인터넷 사이트의 기사로 실을 수도 있고, 처음 생각했던 분량의 3분의 1 정도만 편집해서 '대학생 때 익히는 영어회화' 같은 조금 더 작은 범위의 책으로 출판하는 식으로 작전을 바꿀 수도 있다.

소설을 쓴다면 등장인물들은 이어지지만 이 인물들이 겪는 사건을 짤막한 분량의 사연으로 여러 건 펼쳐지도록 구성하는 방식을 택할 수 있다. 〈수사반장〉, 〈거침없이 하이킥〉, 〈맥가이버〉, 〈스타트렉〉, 〈심슨 가족〉 같은 TV 시리즈처럼 하나의 짧은 에피소드 속에서 이야기가 시작되고 끝이 나지만, 그 에피소드에 나온 인물과 배경을 그대로 이용해 여러 에피소드를 쓰고, 그것을 묶으면 두꺼운 책 혹은 긴 이야기가 된다.

이 방법을 쓰면 한 토막 한 토막을 거의 단편소설을 쓰는 느낌으로 가볍게 작업을 하면서도, 적당히 사이사이를 잇는 구성만 하면 부드럽게 이어지는 긴 이야기 같은 느낌도 충분히 줄 수 있다. 이런 구성이라면, 몇 편 쓰다가 쓰기 싫어지거나 생각보다 독자들이 관심을 많이 갖는 것 같지 않으면 중간에 대충 잘라내서 결말을 지어도 모양이 크게 흉측하지 않다.

이런 방법은 주로 TV 시리즈에서 많이 보이는 것이기는 하다. 그렇지만 글로 써내려가는 소설에도 사례는 얼마든지 있다. 펄프픽션(통속소설) 전성기에 나온 많은 미국 대중소설이 이런 형태를 띠고 있었고, SF소설 중에 별로 관련이 없는 단편일지라도 적당히 모아서 대강 연결되는 듯 꾸민 뒤에 책 한 권을 만드는 사례도 자주 있었다. 이런 것들을 '픽스업(fix-up)'이라고 이름 붙이기도 했다.

특이한 소설만 이런 형태를 띤 것도 아니다. 레이 브래드버리의 『화성 연대기』나 앨프리드 엘턴 밴 복트의 『스페이스 비글』 같은 명작들도 이런 형태를 취하고 있다. 한국소설로 좁혀도 온라인소설을 본격적으로 시작했고 판타지소설이 유행하는 전조로 평가받기도 하는 『퇴마록』이 그런 구조로 되어 있다. 특정 장르에 속하는 소설만 그런 것도 아니다. 대중소설 베스트셀러로 통하는 『인간시장』이나 『전우치전』부터 『서유기』에 이르는 고전소설도 충분히 짧은 이야기들을 모은 구성으로 볼 수 있다.

짧은 이야기로 토막토막 나뉜 이야기라고 확실히 말할 수 있는 것은 아니지만 가만히 쪼개보면 사실은 한 가지 시련을 주인공이 겪은 뒤 해결되고, 또 다음 시련을 겪고 해결되는 식으로 이야기를 연결해놓은 사례도 있다. 모험 이야기를 다룬 소설을 보면 주인공 일행이 오늘은 이런 이상한 동네에 가서 한 가지 모험을 겪고, 내일은 좀 더 전진해서 다른 이상한 동네에 가서 또 다른 모험을 겪는다는 식의 이야기가 적지 않다. 심지어 『소설 동의보감』은 허준이라는 한 인물의 일대기를 다루는 소설이면서도 가만 보면 이런 식으로 한 가지씩 문제를 해결해나가는 작은 이야기들이 연결된 모양이다.

『소설 동의보감』은 3권에서 미완성으로 끝났지만 그래도 이 책이 괜찮았던 것은 짧막한 이야기들로 연결되어 있기 때문이라고 생각한다. 그런 구성 덕택에 어느 토막에서 갑작스레 끝내도 아주 못 견딜 모양은 아니기 때문이다.

물론 짧은 글을 먼저 쓰고 그것을 엮어서 긴 글을 만드는 수법이 언제나 옳은 것은 아니다. 애초부터 긴 글을 노리고 써야만 쓸 수 있는 글도 있으며, 그런 글을 쓰고 싶다면 과감하게 진짜 긴 글에 도전해야 할 때도 있다. 3대에 걸쳐 100년간의 시간과 그 시간에 걸친 역사의 격동을 다루는 대작을 쓰는 것이 목표라면 언젠가는 거기에 뛰어들어야 한다. 글을 쓰다 보니 나는 이제 긴 글도 쓸 수 있는 재주, 용기, 시간을 갖추게 되었다는 생각이 들었다면 긴 글에 도전하는 것을 꼭 피해야만 할 이유는 없다.

한편 실제 글을 쓰기 전에 소재나 구상만을 신나서 남에게 떠드는 것은 어지간하면 피해야 한다.

'어사 박문수가 냉동되어 있다가 현대 서울에 깨어나 현대 문명에 적응하지 못해서 여러 가지 우스꽝스러운 일을 겪지만, 현대인과는 다른 고정관념이 없는 시각으로 사건을 관찰하면서 여러 미해결 범죄 사건을 풀고 추리의 대가로 인정받는다는 소설! 재미있을 것 같지 않나요? 아, 이런 내용 쓰고 싶다'라는 글을 어딘가에 올리거나 남에게 이야기하지 말라는 이야기다. 그런 아이디어가 재미있을 것 같고, 언젠가 내가 쓰고 싶다면 말로 하기 전에 진짜 글로 쓰는 편이 낫다.

앞서 이야기했듯이 당장 화려하고 묵직한 장편을 쓸 엄두가 안 난다면 단편소설로 줄여서 써도 된다. 모든 것을 완벽하고 방대하며 세세하게 옮겨놓는 대신 핵심만 뽑아서 짧은 글로라도 쓰면 된다. 그렇게 우선 재빨리 짧게 써놓고 나중에 여유가 생기면 그때 다시 장편소설로 고쳐 써도 좋다. 내 장편소설 『사기꾼의 심장은 천천히 뛴다』가 바로 그렇게 단편소설을 장편소설로 고쳐 쓴 사례고, 아서 클라크의 『2001 스페이스 오디세이』나 듀나의 『대리전』 등 다른 많은 소설이 마찬가지로 단편이 먼저 나오고 나중에 장편으로 변형, 확장되었다.

쓰기 전에 구상에 대해 떠드는 것이 나쁘다고 생각하는 것은, 그렇게 하면 남에게 아이디어를 빼앗기게 된다거나 남과 의논하는 게 별 쓸모가 없다는 이유 때문은 아니다. 오히려 어떤 소재와 구성에 대해 다른 사람과 이야기를 나누다가 새로운 생각을 얻고 막연했던 내용이 구체적으로 변하는 수가 많다고 생각한다. 사실대로 말하자면, 그런 것은 글을 쓰는 데 큰 도움이 된다.

그런데도 구상 단계의 이야기를 발설하지 말라는 것은 그렇게 하다 보면 그 글을 실제로 쓰고 싶은 열망이 사그라지는 경우가 자주 있기 때문이다.

한참을 입으로만 무슨 글을 쓸지 떠들고, 그렇게 하면 어디가 재밌을지 머릿속으로만 상상하다 보면, 그러다 김이 빠져 실제로 그 글을 쓰는 자체는 귀찮은 일처럼 느껴지는 경우를 여러 차례 겪었다. 그보다는 '이런 거 정말 재밌을 것 같은데, 지금 누구한테 말을 할 수는 없고, 얼른 써서 보여주고 싶다. 얼른 쓰면 보여줄 수 있을 텐데!'라고 생각하면서 당장 말하고 싶은 마음을 꾹꾹 눌러 담은 채로, 조바심과 애타는 마음을 이용해서 최대한 빠른 시간 내에 열성을 불태워 글을 실제로 쓰는 것이 더 좋다.

글 쓰는 데도 분위기가 중요하다

고려 현종 때부터 문종에 걸쳐, 고려 조정에서는 여러 가지 불경을 모아 편집해놓은 책을 만들었다. 현재 흔히 『초조대장경』이라고 부르는 책인데, 널리 알려진 『팔만대장경』보다 훨씬 앞서서 제작된 것으로 『팔만대장경』 못지않은 대작이다. 『초조대장경』의 분량은 대략 6천 권 정도였다고 한다. 그런데 안타깝게도 1232년 몽골군이 쳐들어왔을 때 이 책은 불타서 홀라당 사라지고 말았다. 지금은 인쇄된 내용의 일부가 일본에 건너가 있는 등 조금 남아 있을 뿐이다. 많은 사람이 오랜 시간 작업한 그 두꺼운 책이 한 번의 사건으로 사라진 것이다.

몽골의 침입은 지난 700년간 없었지만 컴퓨터 오류로

작성하던 글이 날아가는 일은 자주 벌어진다. 그렇게 되면 잿더미가 되어버린 고려시대의 대작처럼 내가 작성하던 글도 허공으로 흩어져버린다. 정전이 되거나 누가 실수로 전기선을 뽑는 바람에 컴퓨터가 꺼지는 경우도 있고, 워드프로세서가 오류로 갑자기 종료되거나 OS의 문제로 컴퓨터가 꺼지는 경우도 많이 있다. 가끔은 번개가 친 뒤 컴퓨터가 이상해지거나 악성 코드에 문서가 파괴당하는 수도 있다.

오류가 나면 종종 컴퓨터 화면에 "오류로 프로그램이 종료됩니다" 정도의 말이 적힌 허연 상자가 나오고 그 밑에 '확인'이라는 버튼이 나온다. 바탕화면에 깔린 워드프로세서에는 내가 몇 시간 동안이나 쓴 글이 뻔히 보이는데 '확인'이라는 버튼을 누르자마자 다 날아갈 거라고 생각하면 마음이 괴로워진다. 내 손으로 '확인'을 누르는 순간 그게 사라진다는 것이 특히 가슴을 아프게 하며, '확인'을 누르는 것 외에 할 수 있는 일이 없다는 점 때문에 좌절감은 더 커진다. 이때 특수한 프로그램을 사용하면 메모리 한구석에 남아 있는 자료를 긁어모아서 쓴 글이 날아가기 전에 따로 저장할 수 있게 해준다는 이야기도 있는데, 내가 쓰는 컴퓨터와 워드프로세서에 딱 맞는 프로그램을 잘 준비하고 있는 경우는 무척 드물다.

결국 무엇이 원인이지도 모르는 알 수 없는 저주와 같

이 글을 날리게 될 것이다. 두 눈으로 내가 쓴 글이 거기 깔려 있는 것을 보면서, 그 글을 다 사라지게 하는 '확인' 버튼을 내가 직접 누르는 잔인한 일이 벌어진다.

이런 일을 막으려면 역시 미리 잘 저장해두는 백업을 하는 게 최선이다.

워드프로세서 프로그램에 내장되어 있는 자동 저장이나 비상 저장 기능을 최대한 활용하고, 다른 방법도 사용해서 작업 중인 글이나 작업을 끝낸 글을 수시로 여러 곳에 저장해야 한다. 자동화된 프로그램을 이용한다면 좋겠지만 그런 것을 어떻게 쓰는지 잘 모르겠다면 수시로 저장하는 버릇이라도 길러야 한다.

컴퓨터 자체가 망가지는 수가 있으므로 컴퓨터 디스크에 저장할 뿐만 아니라 컴퓨터 바깥에도 저장해야 한다. USB메모리나 SD카드 같은 곳에 저장하는 것도 좋지만 인터넷을 통해 멀리 떨어져 있는 다른 서버에 저장하는 것이 더욱 좋다.

그 방법을 잘 알지 못한다면 그냥 작성한 글을 수시로 이메일을 통해 자기 자신에게 보내는 방법도 나쁘지 않다. 다른 나라에서 제공하는 이메일 서비스에도 가입해서 한 번에 두세 군데의 이메일에 보내놓는다면 안전하다. 그러면 한 이메일 서비스 회사가 해킹당하거나 망한다고 해도 다른 이메일 서비스 회사에 보내놓은 것은 안전하다. 미국이나 중국

업체에서 운영하는 이메일 서비스를 같이 이용한다면 심지어 몽골군이 또 침입한다고 해도 내 글은 지킬 수 있다.

내가 백업을 강조하는 데는 특별한 이유가 한 가지 더 있다. 한번 글을 시작해서 어쩐지 길게 잘 써나가게 되고, 두려움 없이 빠르게 술술 풀려나간다면 그럴 때 최대한 이어서 많이 쓰는 편이 낫다고 믿기 때문이다.

어떤 사람은 그럴 때를 두고 "글이 잘 써진다"고 하기도 하고, 어떤 사람은 "분위기를 탔다"거나 "탄력을 받았다"고 말하기도 한다. 뭐라고 부르건 그런 때를 놓치지 말고 그때 최대한 많이 써야 한다. 그렇게 한 번에 글을 많이 쓸수록 중간중간에 백업하는 것은 더 중요하다. 네 시간 동안 신들린 듯이 글을 썼는데 갑자기 하드디스크 오류로 작업한 것이 다 날아갔다고 상상해보면 눈물이 절로 흐른다.

앞서 하루에 한 시간 정도 글 쓰는 시간을 낼 수 있으면 좋다고 했는데, 막상 한 시간을 다 채웠는데도 신나게 글을 더 쓸 수 있고, 쓰고 싶다면 굳이 '오늘 한 시간 치 글을 썼으니 이제 그만'이라고 멈출 필요는 없다. 더 쓰고 싶으면 더 쓰면 된다. 더 쓰는 편이 더 좋다. '이대로 이 단락까지 마무리 지으면 되겠네'라는 생각이 들면 정말 그 단락을 마무리 지을 때까지 계속 써나간다. 그 단락을 마무리 지었는데 어쩐지 조금 더 쓰고 싶다면 또 쓴다. 못 쓸 때까지 더 쓴다.

어차피 언젠가는 쓸 수 없는 때가 온다. 회사 출근 시간이 다가올 수도 있고, 극심한 졸음이 밀려와서 잠이 들 수도 있고, 꼭 해야 하는 다른 일 때문에 어쩔 수 없이 글 쓰는 것을 멈추어야 할 수도 있다. 그러니까 그 전까지, 쓸 수 있는 데까지는 이어서 쓴다. 언젠가 생각보다 적게 쓰게 되거나 글 쓰는 일을 피하고 미루게 되는 일이 생길 가능성이 크기 때문이다. 그러니 그런 일을 대비하려면 이렇게 좋은 기회를 만났을 때 충분히 많이 써야 한다. 글을 쓰기 싫은 핑계는 언제 어디에서나 손쉽게 찾을 수 있지만, 글을 쓰고 싶어서 긴 시간 붙어 있게 되는 때는 눈이 오는 크리스마스만큼 드물다.

또 한 가지, 잘 쓸 수 있을 때 많이 쓰라고 하는 이유는 그런 식으로 글을 쓸 때 글 쓰는 사람 스스로 좋아하는 글, 좋아하는 이야기, 좋아하는 발상이 떠오를 가능성이 커지기 때문이다.

사회 문제나 정치 문제에 대해 평하는 글을 쓰고 있다면, 자연스럽게 풀려나가는 글을 쓰는 가운데 내가 미처 생각하지 못한 세세한 문제들이 같이 떠오르면서 여러 일들이 가지런히 정리되는 수가 있다. 혹은 어떤 문제의 요점이나 내가 막연하게 마음에 품고 있던 대책이 글을 쓰는 과정에서 선명해지는 수도 많다.

소설을 쓴다면 바로 그런 순간이 소설 속 등장인물 각자가 살아 있는 것처럼 스스로 움직이기 시작하는 때다. 그 속에서 이전에는 상상하지 못했던 새로운 줄거리와 생각이 나타나게 된다. 그러면서도 새로운 것이 상당히 부드럽고 자연스럽게 잘 녹아들어 이어질 때가 많다.

그러므로 오늘따라 긴 시간 달라붙어 열성적으로 작업하게 되었다면 건강이 허락하는 한 멈추지 않는다. 어차피 쉬는 날이었다면 하루 종일 글을 써도 좋고, 평소 꼬박꼬박 보는 TV 프로그램을 건너뛰어도 좋으며, 밤을 새고 새벽이 되고 한낮을 지나 또 저녁이 되도록 글을 써도 좋다. 할 수만 있다면 식사를 하느라 한두 시간 멈추는 것도 피하는 편이 낫다. 잠깐 우유를 마시거나 육포나 초콜릿을 먹으면서 좀 버텨도 된다. 눈이나 팔의 피로를 막기 위해 50분 일하고 10분 쉰다든가 하는 식으로 건강을 위해 잠깐씩 쉬는 것이 유일한 예외다. 그 외에는 흐름을 끊지 말고 계속 쓴다. 내가 쓰는 이야기에 누구도 아닌 내가 빠져들어 글을 쓰면서 밤을 새우는 것은 멋진 경험이다. 그 경험은 글을 쓰는 사람이 다른 일을 하는 사람에 비해 확실히 뭔가 좋은 것을 얻을 수 있는 거의 유일한 순간이다.

나 역시 단편소설 「당신과 꼭 결혼하고 싶습니다」를 그런 식으로 썼다. 그날 어떤 내용을 쓸지 대강 미리 정해두고 앞부분을 쓰기 시작했는데, 적당히 쓰고 말자고 생각했던 것이 흥을 타서 계속해서 쓰게 되었다. 밤이 깊고 새벽이 밝을 때까지 그 소설을 이어 써서 그대로 마무리할 때까지 썼다.

소설 결말을 쓰고 창밖을 보니, 아침이 찾아오고 있었다. 졸음 때문에 그런 것인지는 몰라도, 꼴딱 밤을 새운 그 아침은 소설 속 이야기가 뭔가 신비롭고도 은은한 것으로 실제 세상에 나타나서 내 주위를 감돌고 있는 듯한 느낌마저 들었다. 이 소설을 재미있게 읽었고 감동받았다고 독자들이 말하지만, 내가 직접 그 소설을 내 손으로 만들어내면서 느낀 재미와 감동은 독자들이 느낀 것 못지않게 컸을 거라고 상상한다.

내가 이런 이야기를 한다고 해서 글을 계속 쓰기 위해서라면 인생을 막 살면서 행패를 부려도 좋다는 것은 아니다. 미리 해둔 약속이 있다면 글이 잘 풀릴 것 같다고 해도 멈춰야 하며, 집안일이나 직장 일에서 내가 맡은 의무가 있다면 오늘 글 쓰는 것이 재미있다고 해서 소홀히 해서는 안 된다. 생계를 계속하지 못하고 삶을 제대로 꾸릴 수 없다면 오랜 시간 글쓰기를 버티는 것도 결국 더 힘들어진다. 그러다 보면 언젠가는 최소한 지켜야 할 마감까지 어기게 될지 모른다. 그래서는 안 된다.

글 쓰는 시간을 길게 갖지 못한다고 해도 실망할 필요는 없다. 앞서 말한 대로 하루에 한 시간, 일주일에 다섯 시간 정도만 해나가고 있다면 잘못된 것은 전혀 없다.

오히려 특별히 조심해야 하는 일은 따로 있다. 글이 잘 써질 때 한 번에 몰아서 하루아침에 원고지 150장씩을 썼던 기억이 있다고 해서 계획을 세울 때 그 기준을 적용해서는 절대 안 된다. 그러다 망한다. 계획을 세울 때는 오히려 진도가 잘 나가지 못할 때의 기준을 갖고 와야 한다.

'마감 하루 전에 확 몰아서 쓰면 원고지 80장 충분히 다 쓰지, 뭐. 매일 원고지 15장 분량씩 써야 하지만 오늘은 피곤하니까 글 쓰지 말고 놀자. 대신에 미뤄놨다가 주말에 마음잡고 확 다 쓰면 되지. 전에는 하루에 150장 쓴 적도 있으니까.'

이런 식으로 생각하는 것은 지옥으로 가는 지름길이다. 그리고 지옥에 마감은 없다.

책 말고도 쓸 것은 많다

꾸준히 글쓰기를 갈고닦기 위한 방법으로 몇 가지 이야기를 했다. 마감을 정해서 잘 지키거나 한번 시작한 글을 꿋꿋이 완성하거나 일단 짧은 글로 연습을 시작하는 방법을 소개했는데, 이런 방법을 계속 시험해보기 위해 SNS나 블로그를 활용하는 것도 좋다. 반대로 SNS나 블로그에 글을 쓸 때도 이런 방법들이 제법 유용하다.

블로그나 SNS를 잘 키워나가려면 많지 않은 내용이라도 꾸준히 글을 써 올리는 것이 가장 중요하다. 매우 훌륭한 자료가 1년에 한 번씩 정해지지 않은 날 올라오는 웹페이지보다는 잡담에 가까운 이야기라도 매주 금요일 꼬박꼬박 올라오는 웹페이지를 사람들은 자주 찾기 마련이다.

책을 읽는 사람이 줄었다는 이야기를 했지만 SNS나 문자메시지를 포함하면 글을 쓰는 사람들의 숫자와 양은 오히려 폭발하듯 빠르게 늘었다. 이런 상황에서 글이 올라온 웹페이지 이곳저곳을 옮겨 다니는 사람들은 글쓴이에 대한 친근감이나 글 쓴 사람과 읽는 사람 사이의 관계에 좀 더 빨리 빠져드는 경향도 있다. 그런 친근감을 위해서라도 꾸준히, 자주 글이 올라온다는 것은 중요하다.

그러니 SNS와 블로그를 가꾸기 위해서는 매주 한 번이라는 식으로, 글을 꼬박꼬박 자주 올리는 태도가 중요하다. 마감을 나 스스로 만들어서 지켜야 하고, 그 마감을 지키기위해서는 마감 전에 반드시 글 하나를 마무리 짓는 법을 익혀야 한다. 그러려면 짧은 글을 쓰는 편이 유리하다.

유명인사라면 한 장의 사진과 두 줄의 인사말 정도라도 몇십만 명이 찾아오는 SNS를 꾸릴 수도 있다. 그렇지만 〈프로듀스 101〉에 출전해서 최종 선정자로 뽑힐 자신이 없다면 적다고는 해도 적당한 분량은 필요하다.

일주일에 한 번 정도 글을 올리는 블로그라면 글 하나가 네 문단 정도 되면 어지간한 분량은 된다고 생각한다. 네 문단이면 아주 적은 분량은 아니다. 첫 번째 문단에서 무엇에 대한 이야기를 써보겠다고 소개하고, 두 번째 문단에서 핵심을 이야기하고, 세 번째 문단에서 핵심을 보충하거나 착각·

오해를 막기 위한 언급을 덧붙이고, 네 번째 문단에서 자신의 감상·평가 혹은 다른 이야기와의 연결, 빠뜨리고 싶지 않은 한 가지 등을 언급하는 정도면 평균적인 틀이 될 것이다.

예를 들어, TV 광고에 대해 평하는 SNS를 운영하고 있다면 다음과 같은 글 정도면 한 번에 올리는 분량으로 적당하다.

- 첫 번째 문단: 은행 광고에서 각계각층의 사람이 노래를 부르고 춤을 추는 형식이 이상하게도 너무 자주 나온다고 느낍니다.
- 두 번째 문단: KEB하나은행, 우리은행, 신한은행에서 요즘 나오는 광고는 이러저러한 것들인데, 각계각층의 사람이 노래 부르고 춤추는 형식입니다.
- 세 번째 문단: 물론 다 그런 것은 아니고, 국민은행 광고는 예외로 김연아 선수 혼자 춤을 추면서 노래를 부릅니다.
- 네 번째 문단: 왜 이런 광고가 유행하는지, 나는 그 이유를 이러저러한 것 때문이라고 생각하고, 다른 나라 은행 광고도 이런 경향이 보일지 궁금합니다.

SNS에 따라서는 한 게시물의 분량이 달라질 필요도 있다. 예를 들어, 트위터에서는 140자로 분량이 제한되어 있고, 사진이 중심이 되는 인스타그램에서 네 문단이나 되는 글을 한 번에 올리는 것은 이상하다. 짧은 글이 걸맞은 SNS라면 짧은 글을 조금 더 자주 올리는 식으로, 결국 일정 기간 동안 비슷한 분량을 내보낸다는 느낌은 유지할 수 있을 것이다. 예를 들어, 한두 문장으로 된 글을 올리지만 일주일에 네다섯 번 정도 올린다는 계획을 세울 수 있다.

이런 식으로 인터넷에 꾸준히 글을 올리는 데 도움이 되는 방법을 하나 더 소개하자면, 자기가 만드는 SNS나 블로그가 다루는 범위를 특별하게 좁혀두는 것이다. 막연히 '좋은 글 소개하는 SNS'보다는 '이번 주의 멋진 문장 한 마디'가 낫고, 그보다는 '한국 유명인사들의 명언과 그에 대한 해설'이라든가, '이번 주 TV 속 명대사'가 낫다. '맛집 블로그'보다는 '서울 시내 맛집 기행'이 낫고, 그보다는 '서울 시내 중식 순례'가 낫다. 아예 '서울 짜장면 지도'로까지 좁혀도 안 될 것은 없다.

이렇게 해놓으면 사람들에게 인상을 남기기도 편하고 뭘 써야 할지 떠올리기도 편리하다.

나중에는 그냥 의무감 비슷하게 저절로 글 쓸 것이 다가오기도 한다. '서울 짜장면 지도'라는 블로그를 1년간 운명하면서 짜장면에 대한 글을 70편 정도 썼다면 라면 회사에서 새로 인스턴트 짜장면을 출시했다는 광고만 나와도 그 광고에 대해, 혹은 그 인스턴트 짜장면을 먹어본 경험에 대해 글을 올려야 할 것 같은 기분이 든다. 게다가 짧지만 연결되는 글을 써서 팔아먹는 방법과 비슷하게, 좁은 분야에 대해 꾸준히 올린 글은 나중에 엮어서 다른 읽을거리를 만들거나 책이나 기사로 만들기도 좋다.

만약 블로그나 SNS에 도저히 쓸거리가 떠오르지 않는데 그래도 나 스스로 정해놓은 마감이 다가오고 있다면, 나는 이런 때를 버티기 위해 세 가지 정도 자주 쓰는 방법이 있다.

첫 번째는 순위 매기는 글을 하나 써 올리는 방법이다. 예를 들어, '서울 동부 지역 짜장면 TOP 5'라든가, '양을 많이 주는 중국 음식점 TOP 5' 같은 글을 써보는 것이다. 순위를 매기는 글은 눈길을 잘 끄는 편이다. 동시에, 만약 꾸준히 쌓은 글이 있다면 전에 써놓은 글을 다시 보면서 이번에 쓸 내용을 비교적 쉽게 짜낼 수도 있다. 순위 매기는 글은 찬성이건 반대건 독자들의 반응이 비교적 잘 오는 글이기도 하고, 서로 비교하고 순위를 매기는 가운데 그 주제에 대해 스스로 더 고민하고 깊이 이해하기 위해 노력하는 기회가 된다는 점도 좋다.

두 번째는 유행과 달력을 따르는 글을 뭐든 하나 쓰는

방법이다. 그러니까 새해라면 새해 계획에 대한 글을, 장마철이라면 비에 대한 글을, 요즘 인기 있는 영화가 있다면 그 영화에 대한 글을 쓰는 것이다. 그러면서 소재와 내 SNS를 연결시킨다. TV 광고 블로그를 운영하고 있는데, 요즘 추위나 더위가 너무 심하다는 것이 화제라면 '눈 오는 장면을 멋지게 담아낸 광고'라든가, '여름철에 가장 효과가 좋았던 에어컨 광고' 같은 것을 써보는 것이다. 이런 것도 역시 유행에 따라 더 눈에 뜨이기 쉽거나 검색되기 쉬운 경우가 많고, 유행하는 사건과 관련되어 있기 때문에 나 스스로 뭔가 떠올리고 생각하기도 쉽다.

다만 누군가를 비난하는 내용이라거나 정치적, 윤리적인 치열한 논쟁에 뛰어드는 글이라면 앞서 언급했듯이 오히려 당장 글을 쓰고 싶어 욱할 때 한마디 하는 것보다 글을 써놓고 공개하기 전에 좀 묵혀놓고 감정이 가라앉은 뒤에 풀어놓는 것이 더 좋을 때도 많다.

세 번째는 내가 다루는 주제에 대해 인터넷에서 검색해서 다른 사람들이 쓴 글에 대해 소개하고 내가 느낀 감상을 이야기하는 방법이다. 예를 들어, '명대사'를 다루는 SNS를 운영하는데, 포털사이트에 '명대사'로 검색을 했더니 미국영화학회에서는 최고의 미국영화 대사로 이런 것을 꼽고, 영국희곡학회에서는 셰익스피어 명대사 중에서 최고로 이런 것을 꼽더라 하는 링크를 소개하는 것이다. 그러면서 나는 거기에 얼마나 공감하는지, 내가 아는 것은 어디까지고 모르는 것은 어디까지인지, 내가 반대하는 내용은 무엇인지 쓴다. 만약 우호적인 내용이라면 이런 글을 통해 다른 사람의 블로그나 SNS를 소개하고 칭찬하는 이야기를 하면서 좀 더 사용자, 운영자들 간의 관계를 돈독히 할 수도 있다.

SNS 이야기를 하는 김에, 무엇인가를 SNS에서 비판할 때 어지간하면 지나치게 과격한 말은 쓰지 말자는 말도 하고 넘어가고 싶다.

사실 선명한 비판은 성격이 뚜렷하고 재미있는 글을 위해서 필요하다. 두리뭉실한 이야기만 쓰는 홍보 블로그 같은 것만 운영하는 게 좋다는 주장에는 나도 분명히 반대한다. 그렇지만 비판에도 정도를 지킬 필요가 있다고 생각한다. 흥분과 분노에 못 이겨 막말을 늘어놓거나 무엇인가를 욕하는 통쾌함에 취해 필요 이상으로 심한 말을 쓰는 것을 무척 조심해야 한다.

일단 함부로 그런 말을 하지 않는 버릇을 들여야 남을 괴롭히지 않고 법을 위반하지 않게 된다. SNS에서는 생각 없이 한 한마디가 삽시간에 멀리 퍼져나가며, 한번 한 말이 영원히 기록에 남아 증거가 되기도 한다.

또한 내 판단과 생각이 틀릴 가능성이 항상 있다는 점에서도 비난 수위를 조절할 필요가 있다. 분명히 나쁜 놈이라고 생각해서 세계 최악의 쓰레기이고 역사를 좀 먹는 버러지라고 길길이 날뛰며 욕을 늘어놓았는데 지나고 보니 내 판단이 틀렸을 가능성은 언제나 있다. 명망 높은 정치가, 평론가, 교수들도 자기 판단을 확신하고 SNS에서 뭔가에 대해 지옥에서 영원히 불타야 할 악이라는 식으로 욕을 했는데, 나중에 그 생각이 틀린 것이 드러나서 조롱거리가 되는 경우가 있다. 그런 사람들 중에는 자기 실수를 인정하고 싶지 않아서 나중에도 끝끝내 "그때 내 판단과 비난은 틀리지 않았다"며 구구하게 억지를 부리고 추한 모습을 보이는 경우까지 있지 않나. 그러므로 모든 문제에 항상 옳은 판단을 하기란 어렵다는 점을 잊지 말아야 한다.

글쓰기의 괴로움에서 빠져나오기

2012년 무렵 한동안 글 쓰는 일거리가 뚝 끊긴 적이 있었다. 한 페이지 정도로 가볍게 인터넷 사이트를 채울 정도의 글조차 써달라는 사람이 없었다. 나는 답답했고 실망스러웠다.

텔레비전 방송국에 소설 판권을 넘기면서 경력을 시작했기에 나는 내 글이 재미있고, 훌륭하며, 눈에 뜨인다고 믿고 있었다. 책을 내면 많이 팔리고, 곧 인기 작가가 될 거라고 상상한 적도 잠깐 있었다. 책 한 권을 팔면 인세로 1,500원을 받을 테니 책 십만 권이 팔린다면 1억 5천만 원이 내 손에 들어오겠지. 만약 그런 돈이 생긴다면 뭘 할까. 세계여행을 떠날까. 그런 곱하기 계산의 즐거움을 즐길 때도 있었다.

그러나 2012년은 전혀 거기에 어울리지 않는 해였다.

내 소설을 영상화해보고 싶다고 이야기했던 방송국 사람들이나 영화사 사람들에게서 오던 연락도 뚝 끊겼고, 책을 내보고 싶다던 출판사에서도 소식이 뜸해졌다.

그래도 SF단편은 어지간한 작가들 못지않게 꾸준히 써오고 있다고 생각했는데, 심지어 SF를 내는 출판사나 잡지사에서도 나에게 연락을 하는 곳이 없었다. 나는 그런 곳에 실린 다른 사람이 쓴 SF단편의 앞부분을 읽으면서 '내가 쓰면 이것보다 더 잘 쓸 수 있을 텐데 왜 나한테는 연락을 하지 않을까'라고 생각했다. 가끔 어찌어찌 연락이 닿아 원고를 보내는 경우가 있기는 했지만 결국 별 답변이 없거나 "나쁘지 않긴 한데, 일단 지금은 아닌 것 같고. 지금 저희 상황과 방향이 약간 그래서" 같은 애매한 말이 돌아올 뿐이었다.

나는 마음을 고쳐먹었다. 책 십만 권을 판다던가, 인기 작가가 되어 거들먹거리고 다닌다는 허황된 꿈은 완전히 버렸다. 나는 그냥 글 쓰는 사람으로 지낼 수 있도록 뭐든 일거리만 계속 있으면 좋겠다고 생각했다. 돈을 별로 안 줘도 좋고 별로 근사한 지면이 아니라도 좋으니까 어디서든 내 글을 실어주기만 하면 좋겠다고 생각했다. 그런데 그것도 잘 되지 않았다.

그러다 정말 오래간만에 내 글을 싣고 싶다는 연락을 받았다. 한 치킨 회사에서 발행하는 사보였다. 비슷한 성향의 작가들에게 청탁을 뿌렸는지 다른 작가 한 명도 같은 연락을 받았다고 했다. 그 작가는 "치킨 회사 사보에 글을 실어도 될까?" 하고 고민하면서, 그런 곳에 글을 싣는 것이 시간 낭비에 헛고생은 아닌지, 믿을 만한 곳인지, 작가로서 격을 떨어뜨리는 것은 아닌지 다른 사람들의 의견을 듣고 싶어 했다.

그런데 나는 그런 고민은 조금도 하지 않고 기꺼이 글을 싣겠다고 이미 대답을 해놓은 상태였다. "연락 주셔서 정말 감사합니다. 앞으로도 필요한 일 있으시면 일단 부담 없이 연락 주십시오"라는 말까지 덧붙여 답을 보냈다. 나는 부끄러워서 그 작가의 고민을 못 들은 척했다. 유명한 작가가 되고, 책이 많이 팔려서 한몫 챙기고, 내 소설이 영화가 되어 위대한 배우들이 내가 쓴 대사를 읊는 장면을 꿈꾸던 것이 몇 달 전인데, 어느새 그런 부끄러움을 느끼고 있었다.

그런데 사실 정말 부끄러운 부분은 그 뒤에 이어진 일이었다. 얼마 후 내 원고를 받아본 치킨 회사 사보 편집자가 "당신 글은 조금 어색한 것 같아서 도저히 실을 수 없다"고 회신한 것이다. 거절 이메일을 보여주는 컴퓨터 화면에서부터 부끄러움의 감정이 튀어나와 살인광선 같은 것으로 변해 내 심장을 꿰뚫는 듯한 느낌이었다. 한편으로는 고민하던 다른 작가에게 "저도 같은 제안을 받았는데 저는 덥석 하겠다고 했는데요"라고 밝히지 않기를 정말 잘했다고 안도하기도 했다. 그러고 있자니, 거기에 안도하고 있다는 사실이 더 부끄러웠다.

어쨌거나 지금도 내 생각은 비슷하다. 정직한 치킨 회사의 사보에서 적당한 원고료를 준다면 내 글을 싣지 않을 까닭이 없다. 특히나 그 치킨 회사는 원고는 마음에 안 들어서 사보에 못 싣겠지만 그래도 원고를 마감에 맞춰 보내주었으니 원고료는 주겠다고 했다.

언제나 원고를 청하는 연락은 일단은 반갑고 고맙다. 그렇지만 당시에는 앞길이 보이지 않는 기분이었다.

보통 그런 시절을 만난 사람들은 뭔가 한탄하거나 넋두리하는 글을 짤막짤막하게 쓰는 경우가 많다. 예를 들어, 현재 한국 출판계가 얼마나 잘못되어 있는지, 왜 각종 심사위원이나 편집자들이 진짜 좋은 글을 알아보지 못하는지 비판한다. 그런 비판을 하면서 내심 내 글이 팔리지 않는 것은 내 글이 나쁘거나 내가 무능해서가 아니라 이 바닥이 잘못되어 있어서, 뭔가 틀어쥐고 있는 사람들이 멍청하거나 사악해서라고 생각하고 싶어 한다.

그런 류의 한탄을 두고 어떤 사람들은 패배자가 징징거리는 것일 뿐이라고 짜증내거나 조롱하기도 한다. 그러나 나는 실패한 사람의 비판이 잘못되었다고는 생각하지 않는다. 잘못된 점이 있다면 지적하고 개선해나가려는 노력은 당연히 필요하다. 일이 잘 풀리고, 운이 좋고, 승리한 사람보다는, 일이 안 풀리는 패배자의 눈에 그런 점이 더 잘 보이고 더 절절하게 와 닿기 마련 아닌가. 그런 목소리를 듣는 노력도, 그런 의견을 표출하는 것도 중요한 일이라고 생각한다.

그러나 작가라면 한탄에만 끝없이 빠져드는 것 역시 조심해야 한다. 그런 억울함, 분개, 좌절감, 낙망에 빠져 글 쓰는 의욕 자체를 잃고 글 쓰는 일까지 게을리 하지 않도록 조심해야 한다. 그 점은 꼭 강조하고 싶다.

글쓰기가 자꾸 실패해서 괴로울 때 사람에 따라서는 정반대의 작전을 쓰는 경우도 있다. 이러저러한 글을 써야 팔릴 텐데, 나는 그러저러한 글을 못 쓰니까 안 될 거야, 하고 자기 자신을 비난하고 자책하는 것이다. 혹은 글을 쓰는 재능에 대해서 긴 이야기를 늘어놓으면서 나는 결국 바로 그 재능이 없는 인간이며 그래서 망할 거라고 탄식하는 경우도 있다.

그러면서도 그 글을 읽은 누군가가 '아니다. 그러저러한 글만 팔리는 요즘 세태가 잘못된 것이다'라든가 '아니다. 당신도 재능이 있고 팔리는 글을 쓴다'라고 답하면서 자신의 말을 부정해주고 위로해주기를 내심 기대하기도 한다. 이렇게 돌아가면 참 골치 아파진다. 가까운 사람이라도 여기에

허구한 날 맞춰주기란 피곤하다. 누군가 '내 글은 내가 봐도 재미없어'라는 말에, 장단 아닌 장단을 맞춰주면서 '아니야, 그래도 네 글이 재밌어'라고 부정의 언어로 그 사람을 긍정해주는 것을 세 차례 이상 해주는 사람이 있다면 진정한 친구라고 생각해도 될 정도다. 누군가를 위로하는 행동은 소중한 것이다. 하지만 위로가 몇 마디 말로 쉽게 할 수 있는 간단한 일은 아니며, 위로하는 게 힘들어지는 경우도 많은 것 같다.

한편 그사이에 비슷하게 글을 쓰던 동료들이 먼저 인정받고 잘 풀리는 것을 보면 질투를 하게 되기도 한다. 평소에 만만하게 보던 동료라면 말할 것도 없고, '저 사람은 제법 훌륭한 글을 쓴다'고 생각했던 사람조차 일이 유난히 잘 풀리면 못난 마음이 확 치밀어 '뭐 나름대로 특징은 있지만 그렇게 찬사를 받을 정도는 아니지 않나? 나는 더 뛰어난데' 싶을 때가 있다. 그런 마음에 빠지면 또 한탄과 넋두리, 자학을 하면서도 동시에 위로받고 싶은 마음으로 흘러들지도 모른다.

그러나 그렇게 가라앉기보다는 차라리 질투심을 어떻게든 글 쓰고 싶은 의욕으로 연결해야 한다. 아예 질투심을 없애고 진심으로 남을 축하해주고 응원해주는 것이 인격적으로 더 바람직하기는 하겠으나, 그것은 내가 쉽게 말할 수 있는 경지는 아니다. 그나마 질투를 의욕의 원천으로 삼는 것은 좀 더 쉬운 방법이다.

무슨 글이 잘 팔리지만 그것은 속임수고, 어떤 글이 인정받지만 그 글은 깊이가 없고 얄팍해서 얼치기들의 눈길이나 끌어 잘 팔리는 것뿐이라는 식으로, 비난하고 한탄하는 데만 너무 깊이 빠져들어서는 안 된다. 그런 비난의 말을 떠들면서 내 식견, 수준, 깊이를 누군가에게 자랑하는 듯한 느낌은 가질 수 있을지 모른다. 하지만 그러는 동안 내 손으로 직접 글을 쓸 기운은 점점 더 빠져나간다.

다른 글의 단점을 찾고 비평해서 나는 그렇게 쓰지 않겠다고 작전을 세우는 데에는 나쁠 것이 없다. 바람직하고 매우 좋은 방향이다. 나도 항상 그런 방법을 쓴다. 그렇지만 그런 말을 소리 높여 남들 앞에서 너무 오래 떠드는 것은 위험하며 선을 지키면서 조심해야 한다는 점 역시 사실이다. 거기에는 함정이 있기 때문이다. 다른 글에 대한 비난을 너무 심하게 하다 보면 정작 내 글에 대해서도 어마어마하게 수준 높고 뛰어난 글을 써야 한다는 부담감이 같이 밀려든다는 점을 조심해야 한다. 정작 내 글을 쓰는 일이 두려워지지 않도록 유의해야 한다.

반대로 원고료 한 푼 주지 않으면서 끊임없이 내 글의 고칠 점을 말하며 일을 질질 끄는 사람도 조심해야 한다. '당신 글을 이렇게 조금만 바꾸면 내가 출판해주겠다', '당신 글에 가능성이 있으니 이렇게 조금만 바꾸면 내가 정식으로 해보겠다', '그걸 조금만 이렇게 쓸 만하게 고치면 내가 36부작 TV 미니시리즈로 제작해서 한국, 중국, 일본에 팔아보겠다'라고 이야기하는 사람에게 걸려들어 결론도 나지 않는 작업을 붙잡고 몇 달을 고치고 또 고치며 시달리는 것은 글 쓰는 의욕을 심각하게 갉아먹는다.

그런 사람에게 걸려든 것 같거든, 어떤 선을 정해놓고 더 이상 고칠 수는 없다든가, 이 이상 작업을 하려면 계약금이나 착수금을 달라고 말하면서 끊어야 한다. 일의 마감을 정확히 정해두고, 기한이 되면 일이 되든 안 되든 끝이라는 방식도 나쁘지 않다. 조언을 듣고 내 글을 개선하는 것은 좋은 일이지만 그 시간 동안 '이 일만 어떻게 되면 나도 드디어 확 풀리지 않을까' 하는 기대에 안타깝게 매달려 긴 시간 끌려다니기만 하는 것은 슬픈 일이다. 일이 한번 늘어지기 시작하면 설령 상대가 좋은 의도와 의지를 갖고 있더라도 흐지부지되며 없던 일이 될 가능성은 점점 높아진다. 그 구렁텅이에 빠지기 전에 끊어내야 어떻게든 끝을 지을 수 있고, 하다못해 망한 셈 치고 다른 글 쓰는 일로 상쾌하게 넘어갈 수라도 있다.

이런저런 생각을 하며 돌아보지만, 사실 일이 참 안 풀릴 때 도대체 어떻게 헤쳐 나왔는지 나 자신도 잘 모르겠다. 뭔가 감동적이고 깊이 있게 '이러이러한 태도로 난관을 극복하라'고 이쯤 해서 명쾌하게 이야기하면 정말 좋을 것 같지만 그런 것은 기억나지 않는다. 그럭저럭 버티는 사이에 조금씩 다시 풀려나간 것 같기도 하다.

글을 쓰지 않고 내던져놓으면 알아서 좋은 글이 저절로 나타날 리야 없으니 일단 꾸준히 글을 쓰자는 마음을 먹었던 것만은 확실히 기억이 난다. 가장 일거리가 없을 때, 이제 이렇게 잊히나 보다, 나도 작가가 되나 보다 하고 잠깐 들떴던 것으로 끝이구나, 하던 어느 날. 그래도 꾸준히 작업은 계속해나가자고 결심했다. 한 달에 최소한 단편소설 한 편씩은 쓰자, 1년간은 그렇게 해보자고 마음먹었던 것도 그 무렵이다. 그 결심으로 대략 3년간은 매달 꼬박꼬박 단편소설 하나씩을 썼다.

그래도 여전히 그것이 완전한 해답이라는 느낌은 들지 않는다. 그러니 '여러분도 일이 풀리지 않을 때 매월 말을 마감으로 정해 한 달에 단편소설 하나 분량의 글을 꾸역꾸역 마무리 지어보라'라고 자신 있게 말하지는 못하겠다. 전혀 아니다. 그게 마법처럼 모든 문제를 해결해주지는 않는다. 그럴 리가 없다. 어려운 문제에 쉬운 답을 찾기는 힘들다. 지금의 나에게도 쉽지 않다. 컴퓨터로 몇 차례나 이 문단을 수

정하면서 돌아보지만, 그저 이런저런 조심해야 할 것과 몇 가지 수단이 있으니 잘 참고해서 자기에게 맞게 최대한 같이 버텨보자는 정도가 내가 할 수 있는 이야기다.

어떻게든
생존해보기

- 일단 쓰자.
- 좋은 글을 쓰려고 하지 말고 개떡같이 써놓고 나중에 고치자.
- 생계를 유지할 수단을 확보하자.
- 생업 와중에 '이런 힘든 일 대신에 글쓰기를 하면 얼마나 좋을까'라는 심리를 이용해서 글을 쓰자.
- 하루에 한 시간 정도 또는 일주일에 다섯 시간 정도를 낼 수 있으면 충분하다.
- 마감 시간을 지키자.
- 계약 없이 쓰는 글이라고 해도 마감을 정해두고 그에 맞춰서 글을 쓰자.
- 마감을 지킬 수 없는 일정이라면 계약 전에 일정 변경을 요청하자.
- 시작한 글은 마무리 지어놓자.
- 마무리 짓기 쉽도록 일단 짧은 글로 시작하자.
- 중간에 끊기 쉽도록 긴 글이라도 짧게 나눌 수 있는 형태로 글을 쓰자.
- 실제로 글을 쓰기 전에 소재나 구상만을 떠들지 말자.
- 원고료나 계약금을 주지 않으면서 계속 원고를 고치라고 하는 사람은 적당한 선에서 끊어내자.
- 백업을 잘 하자.
- 글을 신나게 오랫동안 쓰게 되면 멈출 수밖에 없을 때까지 이어서 계속 쓰자.

- SNS나 블로그는 구체적인 범위의 좁은 주제에 대해 쓰는 편이 유리하다.
- SNS에서 하는 비판은 너무 과격하거나 무례해지지 않도록 하자.
- 다른 글 쓰는 사람에 대한 질투심을 글 쓰고 싶은 의욕으로 연결 하자.

저마다의 글을 쓰며 살아가는
우리에게 필요한 마법

한 인터뷰에서 "소설에서 제일 중요하게 생각하는 것이 무엇이냐"는 질문을 받은 적이 있다. 나는 사람의 삶에서 아름다운 순간을 포착하고 그것을 다른 사람에게 전할 수 있도록 옮기는 것이라고 대답했다.

그러고 보면, 글을 써나가게 만드는 힘도 그 비슷한 것 아닌가 하는 생각이 든다. 집안일을 끝내놓고 깊은 밤 식탁에 혼자 앉아서 무엇인가를 적을 때, 바쁜 일상 중에 잠깐 틈을 내어 건물 휴게실에서 어제 떠올린 생각을 써나갈 때, 출장 가는 기차 안에서 먼 곳, 먼 시간의 일을 떠올려 글로 옮길 때, 그때마다 우리는 그런 힘을 조금이나마 느낄 수 있다.

그런 글 속에는 미래에 대한 기대도 있고, 아련하게 묻어두는 슬픔도 있고, 같이 누리고 싶은 즐거움도 있을 것이다. 마법 같은 것이 있다면, 우리가 저마다 그런 글을 쓰고 있다는 사실이다.

이 책을 읽고 글을 쓰는 모든 분이 건필하시기를 진심으로 기원한다.

항상 앞부분만 쓰다가 그만두는
당신을 위한 어떻게든 글쓰기

초판 1쇄 발행 2018년 5월 9일
초판 10쇄 발행 2024년 4월 22일

지은이 곽재식
펴낸이 최순영

출판1 본부장 한수미
와이즈 팀장 장보라
디자인 풀밭의 여치
일러스트 풀밭의 방아깨비

펴낸곳 ㈜위즈덤하우스 **출판등록** 2000년 5월 23일 제13-1071호
주소 서울특별시 마포구 양화로 19 합정오피스빌딩 17층
전화 02) 2179-5600 **홈페이지** www.wisdomhouse.co.kr

ⓒ 곽재식, 2018

ISBN 979-11-6220-577-8 03800

· 이 책의 전부 또는 일부 내용을 재사용하려면 반드시 사전에 저작권자와 ㈜위즈
  덤하우스의 동의를 받아야 합니다.
· 인쇄·제작 및 유통상의 파본 도서는 구입하신 서점에서 바꿔드립니다.
· 책값은 뒤표지에 있습니다.